ハヤカワ文庫JA
〈JA1499〉

その日、絵空事の君を描く

音無白野

早川書房

8712

本書は、書き下ろし作品です。

「もちろん分かっているさ、過去が捏造されているって。でもぼくがそれを証明するなんて、とうてい無理な話、たとえ自分がその捏造に直接関わっていてもね。作業が終われば証拠は何も残らないのだから。唯一の証拠はぼくの頭のなかにあるだけ」

ジョージ・オーウェル『一九八四年〔新訳版〕』（高橋和久訳、早川書房）

以下の文字列は十六進法で表される。

その日、絵空事の君を描く

1　東江夏輪《あがりえかりん》

『SAVE　THE　CAT』と呼ばれる法則がある。

今から五十年前の二〇〇九年に亡くなった映画監督が作り出した法則だ。映画の脚本において、『主人公は、猫を救うといったようなイベントをこなし、観客に好きになってもらわなければならない』というものだ。

今、僕の目の前には不自然な段ボールがあった。

郊外の薄暗い道路。電子マネー決済のみに対応した自販機がやけに存在感を放っている。その隅っこに隠れるように置いてある茶色い四角型。側面には『生後二ヶ月の猫です。拾ってください』の文字。

——捨て猫なんて初めて見た。

本当に段ボールで捨てられているらしかった。

もう何年前からこういった光景はあるのだろう。時代は進んでも人間は変わらない。よく昔の漫画やアニメでこういったシーンを見るたびに思うのだが、猫であれ、犬であれ、こんな小さな箱に生き物が、じっとしているはずがないと思う。よほど躾がされているならあり得るのかもしれないが、躾ができる飼い主はペットを捨てないだろう。

だから、箱に猫がいるときは——

「…………」

それは、もう動けないほど弱っているときだろう。

箱には子猫がいた。薄い毛布に包まれた猫は、ほとんど聞こえない弱々しい声で鳴いている。

体力を温存するための鳴き声だった。長く鳴き続けるための鳴き声。本能的にわかるのだろう。このまま自分は誰かに救ってもらわないと死んでしまうと。

どうして、こんなに何もないところに捨てるのだろうか。それもこんな風が切るような夜に。季節は春に差し掛かっても、日が落ちると冷える。辺りは住宅街だが、本当に人が住んでいるのだろうかと疑う静けさだ。

僕は段ボールから視線を逸らした。止めた足を動かし始める。同情はするが、僕には助けられない。それが僕という人間だった。あの猫を拾ってしまえば、病院に連れて行き、体力が戻るまで看病し、飼い主が見つからないなら自分が面倒を見なければならないだろう。猫を拾うことは、猫が直面している困難までも拾うことになる。

僕は救わない理由を正当化して歩を進める。

——人けのない道で誰かとすれ違った。

思わず振り返った。その姿には見覚えがあった。

同じクラスの佐生《さそう》椰《なぎ》だった。

どうして、佐生はこんな時間に出歩いているのだろう。

佐生は、高校三年になってから一度も登校していなかった。担任は体調不良だとか言っていた。たしかに目の前の佐生は体調が悪そうだった。白い肌はいつも以上に血の気がない。

僕は密かに佐生を心配していた。佐生は僕にとって特別な人間だった。

——まさか、こんなところで出くわすなんて。

突然、佐生が立ち止まった。何をしているのだろう。僕は注視する。佐生は心配になるくらい震えていた。

「……おまたせ」

僕に言ったのではない。佐生は足下の段ボールに向かって言った。

手に持っていたコンビニのレジ袋から何かを取りだした。小さなブランケットだった。段ボールに元から置いてあった薄い毛布をどけると、ブランケットでそうっと子猫を包んだ。

佐生は猫を拾うつもりなのだろう。

なぜか僕はホッとしていた。

拾う気なんてなかったくせに、自分が拾わなくて正解だったと思った。佐生ならきっと猫を幸せにしてくれるだろう。

——さっさと帰ろう。

僕は何も見なかったんだ。

佐生が学校をサボって何をしていようが本人の勝手だ。僕の知ったことではない。子猫もいい人に拾われてよかったではないか。

これ以上、僕はここにいるべきではないような気がした。

歩き始めると、背後でドサッと鈍い音がした。

まさか、と思って振り返る。

佐生が倒れていた。

「佐生！」

反射的に近づいて声をかけてしまった。

佐生は倒れたまま顔だけ上げて僕を見た。

僕を見ると、驚いたように目を見開く。

「……東江くん。……どうしてここに？」

アガリエくん。

名前を覚えられていたことに少し驚いた。

佐生と僕は小学校が同じ学校で中学が別、高校になってからまた同じ学校といった間柄だった。不思議とこれまでに佐生と話した記憶は無い。お互いに顔見知り程度だと思っていたので、名前を知られていたのは意外だった。

「……佐生大丈夫？　今、倒れてた……というか倒れてるよ」

「あっ、ほんとだ。やばいな……あっはっは」

笑い事ではない。

「本当に大丈夫？」

「……大丈夫。ちょっとふらついただけだから」

そう言って佐生は立ち上がるが、ふらふらだった。

「無理しない方がいいよ」

「これからやることあるから」

佐生は、段ボールの中から毛布に包まれた子猫を抱く。

「今からこの子を飼ってくれる人を探すから」

「……本気？」

そんなふらふらで体調が悪いのに？

「うん」

佐生は頷く。

「……ちょっと待って。本当に今から探すつもりなの？」

「うん。がんばる」

がんばらなくていいと思った。

同時に自己嫌悪が襲ってきた。佐生は体調が悪くても猫を救おうとした。僕は何もせず通り過ぎた。数分前の僕は何をしていたのだろう。

佐生の腕から、ゆっくりと猫を抱える。佐生はキョトンとして、その様子を見ていた。

「……探すの手伝ってくれるの？」

「いや違うよ。今、何時だと思ってるんだよ。こんな時間に探しても見つかりっこないよ」

「でも――」

「だから、飼い主が見つかるまでなら僕の家で預かる」

僕がそう言うと佐生は、わかりやすく明るい表情になった。

「東江くんありがとう！」

「数日だけだから」

「いい人に飼われてよかったね」

猫に向かって言う。

「いや、別に飼うわけでは……」

佐生の方を向くと安心したように笑っていた。

同時に気が抜けたらしく足下がふらつく。

「……あ、」

「お、おい……！」

ふらついた佐生を支えた。

「本当に大丈夫？　立っているのもつらいなら、救急車よんだ方が……」

さっきよりしんどそうに見えた。

「……大丈夫だから、救急車はよばないで」

「そう言われても、佐生一人で帰れないだろ」

「本当に大丈夫だから。ありがとう、心配してくれて」

懇願するような声だった。

「なにか事情があるの？」

「…………」

佐生は何も答えない。

「わかったよ。歩ける？」

「大丈夫だって」

佐生は、そうは言うが、とても歩けそうにない。

「おぶろうか？」

僕はそう言うと、佐生は一瞬目を丸くしたあと微笑んだ。

「……ありがとう」

こうして、僕は猫一匹と女子高生一人を拾うことになった。

実のところ僕は混乱していた。

ぶっ倒れそうなクラスメイトを見つけて、救急車はよばないでほしいと言われた。どうしろというのだろう。

佐生を背負うために、子猫はブランケットで包んだ。着ていたパーカーのフードの中に休ませる。呼吸はできるはずだから、悪いが家まではこれで我慢してもらおう。

佐生が持っていた袋の中を見ると猫用のミルクと哺乳瓶が入っていた。二十四時間営業の店で買ったらしい、佐生は本当に拾う気だったのだろう。体調が悪い中ふらふらでこれを購入した。無人レジじゃなかったら、止められていたかもしれない。

一人と一匹を運ぶのは大変だった。佐生は小柄だが、それでも人を背負うと重たいのだと知った。佐生の身体からは力が抜けていて、この格好になると嫌でも身体が密着する。あまり意識しないようにしているのだけど、どうしても意識してしまう。

それでも、そんなよこしまな考えはすぐに気にならなくなった。

佐生の身体が僕の想像以上に熱かったのだ。

このまま死んでしまうんじゃないか、やっぱり救急車を呼んだ方がいいのではないか。取り返しのつかないことになってしまいそうで怖くなった。

家に着く頃には深夜になっていた。

一人で歩く倍くらいの時間を経て自宅に到着した。

佐生は背中でまだ眠っている。

「佐生起きてくれ」

「………………」

揺するが、なかなか起きてくれない。

「お、おい……大丈夫？　救急車呼んだ方がいいんじゃ……」

「……東江くん？　なんで？」

寝ぼけたように佐生は目覚めた。

「なんでって……」

「夢？」

佐生はなぜか僕の頬をつねる。

……普通、自分の頬をつねると思うのだが、本当に寝ぼけているらしい。

「夢じゃないよ。さっき佐生が道で倒れたんだ」

「……そっか、わたし」

佐生はじろじろと玄関の辺りを見渡す。

「懐かしい」

「懐かしいって、初めて来たと思うんだけど」

「そうだね」

佐生が自分の袖に顔を押しつけた。泣いているようにも見えた。

「……本当に、大丈夫なのか？」

佐生は本格的にやばいのかもしれない。記憶が混濁している。家どころか、話したのもおそらく今日が初めてのはずだ。

「……うん。……ちょっと寝たら元気になったから」

佐生は泣きながら笑っていた。とてもそうは見えなかったが、本人が言うなら、それ以上とがめようとは思わなかった。

「……まあいいけど」

「ありがとう。……やっぱり東江くんはやさしいね」

やっぱりとは何だろう。

「別にやさしくないよ。僕は佐生が拾う前に、この猫が入った段ボールを見ない振りをした。佐生が通らなかったら、僕はこの猫を見捨ててたよ」

僕は見せつけるみたいに言った。佐生に言われると、何故か酷《ひど》く罪悪感をえぐられたような気がした。

「でも、わたしが倒れたとき助けてくれたよ」

「猫と人は違うよ。人間だとお礼を言われて、それでおしまいだと思うから」

猫を拾うことは責任を伴う。軽薄な人間関係だからこそ、僕は助けたのだと思う。

「じゃあ、わたしたちもお礼を言ってそれでおしまい？」

「そうだろうね。だけど、さすがに今の状態の佐生を追い出せないよ」

猫をそっと暖房の近くに寝かせた。

「……猫さん大丈夫そう？」

さっきから、弱い声でさえあまり鳴かなくなってる。

「わからない」

ごまかすためにそう言った。

僕はすぐにスマホで動物病院の夜間救急を調べる。今の時代、オンラインで診察が受けられる。必要なら薬もその日のうちに宅配してくれるシステムが出来上がっている。

だが、それは人間だけの話だ。動物病院はまだ時代に追いついていない。都合よく今の時間やっている病院は近所にはなかった。

「……夜間救急があるみたいなんだけど遠いね。移動は猫の体力を消耗するし、これなら近くの動物病院が朝開くまで待った方がよいかも」

近所の動物病院には一度も立ち入ったことはないが、すぐに行ける距離だった。猫の様子を見ながら歩いてでも行ける。それまで猫の体力がもってくれるかどうかはわからない。

「そっか……」

佐生は、やさしく毛布にくるまった子猫をなでた。子猫は小さく呼吸していた。僕は給湯から人の体温に調整したお湯を哺乳瓶にいれる。

「とりあえずミルクはできたけど……」

温まったお湯に粉ミルクを溶かして、適温になったミルクを哺乳瓶の中に入れた。哺乳瓶を子猫の口元に持って行く。だが、弱々しく舌を動かすだけでほとんど飲んでくれない。

「あんまり飲んでくれないね……」

「……うん」

「…………」

「……こうして直接で話すのは初めてだよね」

どうしてか沈黙が怖くなって、僕から話題を振った。

佐生とは小学校、高校と同じ学校なのに話したことがない。何だか不思議だった。

「……そうだね」

小さい返答だった。

毛布に顔をうずめていて佐生の表情はうかがえない。

「大丈夫？」

「うん……ごめんね。色々と面倒見てもらって」

「体調が悪いなら休んだ方がいいよ。僕はそこのソファを使うから、佐生は二階のベッドを使ってくれ」

　できるだけ佐生を見ないようにして僕は言った。佐生は疲れているのだろう。休んだ方がいい。

「ありがとう。……わたしがここのソファ使おうか」

「いいって。それに僕の家族が朝起きて居間に知らない女子がいたらびっくりすると思うから」

「たしかに……」

　言って思い出す。

「そう言えば、佐生の家の人には、連絡しないでいいの？」

「うん。それは大丈夫」

「……そうか」

　おそらく連絡する気はないのだろうと、僕は思った。

「じゃあ、行こうか」

二階にある自室に案内する。

扉を開けて、見られたくない物を置きっぱなしにしていたことに気づいた。

「……東江くん。絵、描いてる」

描きかけの油画が出しっぱなしだった。

なんだ、そんなことか、と思われるかもしれない。だけど、これまで誰にも見せてこなかった。僕にとって人に見られたくない秘密だった。

思わず駆け足でキャンバスに近づいて布をかける。

「……たまに描いてるだけだけど」

気恥ずかしくなってごまかした。

佐生にだけは見られたくなかった。

佐生は油画の芸術推薦で、高校に入学した生徒だった。小学生の頃に、佐生の絵を描く姿を見たことがある。もう僕たちの世代では図工の授業、中高での美術はカリキュラムからなくなっていた。だけど、佐生は学校でも、休み時間によく描いていた。それも遊びではない本格的な絵を。指であたりをとって、カッターナイフで鋭く削られた鉛筆を紙に当てていた。絵を描くときの佐生は集中していて、周りの音が何も聞こえていないみたいだった。ときどき笑みがこぼれて楽しそうに。そのまま後ろで僕が見ているのも気づかずに、佐生は描き終えた。完成した佐生の絵は、これまで絵に興味のない僕でも立ち止まって見てしまうような出来だった。

佐生は、これからも絵を描き続けるのだろう。そう思わされた。

僕が絵を描くのも、佐生の絵を見たからだった。初めは頭の中に映ったあの絵を再現しようと描き始めた。あんな絵を描いてみたかった。

「…………」

佐生の瞳がじんわりと深くなる。

佐生は泣いていた。

「……どうしたの？」

思わずたじろいだ。見られたくない物を見られて恥ずかしかったのに、今は驚いて動揺していた。

どうして、佐生が泣いているのか、まったく理解できなかった。

「なんでもないよ。なんでもない」

細い指で涙を拭う。それでも、佐生の涙は止まらなかった。

「……ごめんね」

なんで謝るんだよ。

「早く休んだ方がいいよ」

疲れているのだろうと思った。

「……うん。ありがとう」

佐生はベッドに潜り込む。

「ここに飲み水置いとくから、トイレは一階のさっき通ったとこにある」

「……うん。ほんとにありがと」

「じゃあ、お休み」

「ねえ……東江くん」

電気を消そうとすると、ふいに声をかけられた。

「わたしが、もう少しで死んでしまうかわいそうな女の子だって言ったら信じる？」

一瞬、言った意味がわからなかった。

かみ砕いて意味を理解する。もう幾ばくもないうちに、この世からいなくなるということだ。

言葉の真意がわからなかった。佐生が僕にそれを告げる意味も。

「もう少しで死んでしまうかわいそうな女の子は、道ばたの猫を救ったりはしないんじゃないか」

僕は、冗談だと受け取った。だから、そんなことを言ってしまった。

「……そうだよね」

電気を消すのと同時に、馬鹿みたいだよね、と小さく聞こえた。

扉を閉めた。

居間に下りて、子猫の様子を見た。弱々しいがまだ呼吸がある。再びミルクを口元に持っていくと少しだけ飲んでくれた。明日、必ず病院に連れて行こうと思った。助けてしまったからには責任をとるつもりだった。

さっきの佐生の言葉を思い出す。

――わたしが、もう少しで死んでしまうかわいそうな女の子だって言ったら信じる？

「……なんだったんだろうな」

もやもやした気分で僕はソファに寝転がった。

短い時間で感情が揺れ動かされて疲れていたのか、すぐに眠りについた。

＊

目を閉じると朝が来るのは早かった。

頭がぼやっとしている。

身体もけだるくて眠気が強く残っていた。

まだ辺りが暗い。

スマートフォンで時刻を確認した。午前四時十三分。三時間ほどしか経っていない。やはり、十分な休息がとれていなかった。

なのにどうして僕は目覚めてしまったのか。

――嫌な予感がした。

飛び起きて居間の明かりをつけた。

子猫の様子を見る。

抱き上げる。息をしていなかった。

最低だ。

瞬間に頭の中で後悔が巻き起こる。

――僕のせいだ。僕が間違えた。すぐにでも病院に連れて行くべきだった。公共交通機関は深夜でも動いている。行けたはずだった。だけど、体調の悪そうな佐生を一人にするわけにはいかない。なんて行かない理由を探していた。猫を拾わなかったときと同じだ。

そもそも佐生より早くあの冷たい段ボールから抱き上げていれば、間に合ったのではないか。

階段から足音が聞こえた。佐生が下りてきた。

「佐生……」

次の言葉が見つからない。

佐生が、僕の抱いている猫の遺体を見た。

「ごめんね」

佐生が、そうつぶやいた。

――その瞬間、世界が一変した。

地面が揺れる。いや、崩れた。

何が起きたのか理解が追いつかない。

景色が崩れて、早送りした映像みたいに流れていく。

感じたのは恐怖だ。

どうしようもない災害に見舞われたような、理不尽な恐怖。

床がジグソーパズルの上にでも立っているみたいにパラパラとばらけていく。

まだ、夢を見ているのかもしれない。

夢であってほしいと思った。

2　佐生梛

世界が崩壊し再構築されたあと、わたしは病院のベッドで目覚めた。

午前四時十三分。さっきと同時刻。

――わたし、なにしてるんだろ。

馬鹿みたいだなと自分を笑った。

わたしがあの猫をこの世界から消してしまった。

誰にも言えない秘密がある。

わたしは人の死を弔うことができない特異体質だ。

わたしが誰かの死を見てしまうと、その誰かはこの世界から初めから存在しないことになる。

ダムナティオ・メモリアエ。

古代ローマにそんな刑があったらしい。わたしはまさにそれだった。記憶の破壊、ダムナティオ・メモリアエを受けた人物はこの世界に存在しなかったことにされる。

ことは、わたしが小学生の頃まで遡る。


大好きだった先生の訃報があった。

先生は、わたしが通っていた絵画教室の先生だ。

初老の女性で、学生の頃は有名な芸術大学に通っていたらしい。卒業後、デザイナーの仕事を経て地元に絵画教室を開いた。小学生の頃、今どきの子供に珍しく、家でよく絵を描いていたわたしは、母の勧めで教室に通い始めた。

先生には、大変お世話になった。技術的なことから、絵を描く楽しさといった根本的なことまで。

先生はわたしにとって恩師だった。そんな先生が亡くなった。母さんに葬儀に連れられてわたしは初めて葬儀に出席した。

葬儀に行く道すがら母さんは『死』について、子供のわたしにもわかるように説明してくれた。

お別れを言いに行くのだと。

わたしは、もう二度と先生に会えないと思うと自然と泣きそうになった。もうあの教室で先生と絵を描く日々はもう来ない。そんなわたしを見て母さんは、お葬式は先生のためでもあるが、わたしたちが先生の死に対して向き合う場だと言っていた。

当時は意味が難しくて理解できなかった。焼香のとき、母さんに手を引かれて見よう見まねでやったことを覚えている。

そこまでは、ありふれた光景だろう。

幼い子供が初めて身近な人の死に触れて、受けとめ成長していく。

わたしの場合、そうはいかなかった。思えば、わたしの時間はそこで止まっていたのかもしれない。

葬儀が火葬の段階へ移ったときだった。

『お顔を見られるのは、このときが最後になります』

葬儀屋がそういったとき、わたしは、ここで初めて先生の死に顔を見た。

途端に世界が静まった気がした。

きれいな死に顔だったことを覚えている。そのときのわたしは、故人に化粧をするなんて知らなかった。『死』についての知識がなかったのだ。

先生の顔を見ていると地面が激しく揺れて、世界が崩れた。

何が起きたのか理解できず、突然、激流の中に放り込まれたようだった。わたしは声に出して助けを求めた。このままでは何か悪いことが起こる。怖くなって叫んでいた。

しかし、誰も助けてはくれなかった。世界が崩れていく。恐怖で目を閉じた。震えが収まるまで、じっとしていた。


『大丈夫?』

母さんに声をかけられて、目を開いた。

気がつくと家にいた。さっきまで深く眠っていたような、けだるさが身体中にまとわりついていた。

『あれ、お母さん……先生……先生は?』

『先生?』

『いつもお絵描きしに行くところの先生だよ』

『お絵描き? 学校で友達としたの?』

『……違うよ。……その先生が死んじゃったって、お母さんが言ってたよ!』

泣きじゃくるわたしに、母さんはやさしい言葉をかけた。

『大丈夫よ。怖い夢でも見たのね』

母さんは何事もなかったように振る舞った。

その後、先生について何度聞いても母は覚えていないの一点張りだった。だが、連日、先生について話すわたしを心配したのか、母はわたしを病院に連れて行こうとした。わたしはそのときになってやっと、母が嘘をついているのではないとわかった。本当に覚えていないのだ。

先生は、この世界からいないことになっていた。

誰も先生を覚えていないだけではなく、なにも痕跡が見つからない。先生が開いた絵画教室は、空きのテナントになっていた。先生や絵画教室の友達と一緒に撮ったはずの写真も、全部なくなってしまった。

とても怖くなって、悲しくなった。

先生がいなくなった。そのことを説明しても誰もわたしを信じてくれない。

先生はたしかに存在して、わたしに絵を教えてくれたのに何もかもがなくなってしまった。

先生が生きていたことを第三者に示すことができない。全部消えてしまって、説明しようにも何も証拠がなかった。

それからだろうか。

今まで見てこなかったものが見えるようになった。

たとえば、町中で猫の死体を見てしまったとき、世界が崩れた。

また、世界が再構築されたのだろう。その猫が寿命で死んだのか車にでも轢かれたのかはわからない。

しかし、間違いなく死んでいた。世界の震えが収まると、何事もなかったように、猫の死体はわたしの目の前から消え失せた。

周辺を見ても、きょろきょろするわたしに、道行く人たちが胡乱《うろん》な視線を向けるだけだった。

何もなかったかのように、世界は正常に機能していた。


そして、次第にわたしは気づいてしまった。

普通は人が死んでも、その存在はなかったことにはならない。

テレビのニュースで亡くなった有名人はたくさんの人に悲しまれて死を弔われる。死後もその存在は誰かの心に残る。物語の登場人物でさえそうだった。

葬儀、先生の顔を見たときに世界が崩れた。

わたしが目撃したということ。

その後、その存在はわたししか覚えていない。

——そっか、わたしが原因だったんだ。

わたしが死を見ると、その存在は初めからいなかったことになる。とんでもないことをしてしまったと思った。自分がとても恐ろしくなった。どれだけ偉大な人でも、死を観測してしまえばダムナティオ・メモリアエは行なわれてしまう。例外はない、わたしは誰かが生きていたすべてを奪ってしまう。

それからわたしは外に出るのが怖くなって、ますますふさぎ込むようになった。

自分は人と関わってはいけない。

誰かが目の前からいなくなるのが怖かった。

先生も、絵画教室の友達もなくしてしまった。わたしは、家でずっと絵を描く日々を送った。

絵だけは描き続けなければならないと思ったのだ。

先生が生きていた証は、わたしの絵だけだった。先生がわたしに教えてくれた技術。これだけは失うわけにはいかないと子どもながらに思った。

残す。必ず絵を描き続ける。

強迫観念にも似た気持ちがわたしの腕を動かし続けた。

まだ、暗い病室でやけに目が冴えた。

あれから、できるだけ死を避け続けてきたつもりだったのに——

わたしは、馬鹿だ。

今は、再構築されたあとの世界にいる。子猫の存在が消えた世界、東江くんも、わたしも子猫を見つけることなく一日を終えた……ということになっているのだろう。

それにしても、まさか東江くんに会うとは思わなかった。

わたしと東江くんとの間には、妙な縁があるらしかった。

今日の出来事はなかったことになってしまったけど、東江くんと久しぶりに話せてうれしかった。

だけど、もう東江くんと関わるのはやめた方がいい。

また、わたしは東江くんから取り返しのつかないものを奪ってしまうかもしれない。

3　東江夏輪

朝、目が覚めて学校へと向かう準備をする。

昨日、描きかけになった油画をそのままにして乾かす。堅くなった筆を水の溜まった筆洗につけた。

居間におりた。置いてあった菓子パンを朝ご飯とする。いつもの、めまぐるしくもない日常だ。


見慣れた通学路を歩いて僕は学校へと向かう。自動運転のタクシーを使うほどの距離ではない。

学校でホームルームが始まると今日が健康診断だったことを思い出す。教室には空席があって、佐生が欠席であることを知らされる。高校三年になってから佐生は一度も登校してきていない。少し心配になった。担任は体調不良と言うが本当なのだろうか。佐生とは、小学校は同じで、中学は別、高校になってからまた同じ学校になった。不思議ではあるがこれまで佐生と話した記憶はない。

僕が佐生について知っているのは、絵が上手いということだった。今でもすぐに思い出せる。小学生の頃、佐生の絵を見たことがあるが、普段絵に興味のない僕でも立ち止まって見てしまうような絵だった。

——どうすれば、あんな絵が描けるのだろう。

思えば、あの絵に惹かれて僕は趣味で絵を描き始めたのだった。教わる人がいなかったので独学ではあるが続けている。

僕は佐生みたいな絵が描きたかった。ずっと脳裏に佐生の絵がちらついて、自分も描きたくなる。不思議な感覚だった。

健康診断が始まった。といっても血を数滴抜かれるだけだ。痛みはない。それで大半のことはわかるらしい。ほんの数十分で健康診断が終わりで、そそくさと授業が始まってしまう。

勉強は昔から嫌いではなかったが、授業の内容は退屈だった。

まだ小さい頃、幼稚園の読み聞かせの時間、僕は先生が続きを読むより先に物語を言い当てた。方法は単純だった。幼稚園にあるすべての絵本を僕は読んでいた。それどころか絵本の内容もすべて覚えていた。今となって思えば嫌な子供だった。

僕は〝カメラアイ〟、いわゆる瞬間記憶能力の持ち主だった。一度見たものはカメラで撮ったみたいに思い出せる。頭の中に大量にある画像をスクロールして、思い出したい画像をタップするイメージだろうか。僕は人よりちょっと覚えることが得意な普通の人だった。このカメラアイも誰もがカメラを持つ時代だと、テストで点を取る以外では、そこまで役に立たない。円周率を覚えて、ごく少数にちやほやされるくらいだ。


ぼうっとしていると放課後になった。今日も何もない一日が終わる。そう思っていたのだが、帰りのホームルームで担任から呼び出しを受けた。

担任の話は以下の通りだった。

佐生のお見舞いに行ってほしい。同じ地区から通っているのはこのクラスではお前と佐生だけなのだと。

学校から渡してほしいと持たされた佐生の私物をもって、お見舞いに行くことになった。

どうして、すんなりと引き受けてしまったのか自分でもわからない。

僕は佐生が気になっていたのだろう。小学生のあの日見た佐生の絵を忘れられない。それに、これまでタイミングは幾度となくあったはずなのに、佐生と話したことがなかった。

だから、良い機会だと思ったのだ。

彼女はどんな人なのだろうと。


病院にたどり着くと、受付で面会の申し込みをした。初めてだから不安ではあったが、すんなりと通してくれた。すぐ近くに見えるエレベーターに乗るように言われる。教えられた階数にたどり着き、教えられた部屋番号を探した。

消毒液が並んだ廊下を抜けて佐生の病室を見つけた。個室だった。スライド式のドアをノックして、返事が聞こえてから中に入った。

「……東江くん？」

アガリエくん。

名前を覚えられていたことに少し驚いた。

お互いに顔見知り程度だと思っていたので、名前を知っていたのは意外だった。

「学校からのお使い。入ってもいい？」

「……う、うん。どうぞ」

佐生は少し戸惑っているように見えた。話したことのない男子に来られて迷惑だっただろうか。僕はベッドの近くにある椅子に座った。

「こうして直接、話すのは初めてだよね」

「……そうだね」

ぎこちなく佐生は言う。

「なんか荷物いっぱいだね」

「うん。重い」

学校から預かってきた荷物を佐生に渡す。部活で使っていた道具だろう。

「学校が持って行けってさ。病院で渡されても困るだけなのにな。自宅に郵送してくれればいいのに」

「ううん。そんなことないよ。わざわざありがとう」

「学校にはいつ頃来られるの？」

「しばらくは、入院することになると思うな」

「……そっか。大変だね」

佐生は渡された手提げ鞄を開く。中にデジタルペンシルが備えられたタブレットがある。春休みに佐生が学校に置きっぱなしにしていたようだ。視線で操作するのではなく、物理的な接触で入力するタブレットなんて久しぶりに見た気がする。あれで絵が描けるのだろうか。

「病院だと絵は描かないの？」

これがあればすぐにでも絵を描けるはずだ。場所を選ばずに絵を描くことができる。道具も必要ないだろう。

「絵は……もういいかな」

想像していなかった言葉に僕は動揺してしまった。

「……もういい？　もう描かないってこと？」

「そうだね……しばらくは描かないかな」

「……なんで？　あんなに上手いのに」

困ったように佐生は笑った。

「わたしも絵だけは辞めないと思っていたんだけどね」

「なら、なんで」

「……言っても信じないよ」

「…………………」

なんだよ、それ。

出かかった言葉を飲み込んだ。代わりに違った言葉がこぼれ出た。

「佐生の絵、好きだったんだけどな」

僕は何を言っているのだろう。

これ以上、他人の僕が足を踏み入れるべきではない。佐生にも理由があるのだろう。佐生が描くのを辞めたからといって、それに傷つくのは勝手に期待した僕が悪い。たとえ僕が佐生の絵に影響されて絵を描き始めたのだとしても。佐生には関係ないじゃないか。

「……わたしの絵、見てくれてたの？」

佐生は目を見開いて驚いていた。

「本当？　本当に？」

「ああ、うん」

僕は恥ずかしくなって顔を伏せた。

本当に何を言っているんだ。僕は。

佐生とは面識もないのに、作品が好きだって言われても困るだけだ。しかも、佐生は絵を描くのを辞めようとしているのに。

だけど、ちらっとしか見えなかったけれど、佐生の顔は少し笑っているように見えた。

「そっか。……ねえ、東江くんは、絵を描かないの？」

「えっ？　僕は帰宅部だぞ？」

突拍子もない質問に驚く。

「知ってるよ。でも、東江くんも描いてるんでしょ？」

「……なんで僕が絵を描いてるのを知っているんだ」

顔が赤くなるのが自分でもわかった。

何故だか佐生に知られているのが、とても恥ずかしかった。

「さあ、なんとなくかなー」

「……教えてよ」

「言っても信じないからね」

さっきとは違って冗談ぽく佐生は言った。

「またそれか」

「だって本当のことだから」

本当にいつ見られていたのだろう。制服に絵の具でもついていたのだろうか。

「……絶対、誰にもバレていないと思ったのにな」

残念だったね、と佐生は笑う。

「東江くんは、これからも絵を描き続ける？」

よくわからない質問だった。さっき自分は、辞めるみたいなことを言ったくせに。他人が描き続けるか気になるのか。

「どうだろうね。趣味程度に続けるんじゃないか？」

「そっか」

何がそんなにうれしいのか、佐生はニヤニヤしながら僕を見る。

「これ、よかったら東江くんにあげるよ」

佐生は脇に置いていたタブレットを手に取る。

「いや、なんでだよ」

「デジタルでも描くの楽しいよ」

「理由になってないよ」

絶対、高いだろそれ。

「なってるよ」

佐生は、はっきりと言った。

「わたしはもう絵を描かない。東江くんは、これからも絵を描き続ける。それ以外に理由なんてないよ」

「…………」

その言葉に正当性はなかったはずだ。

だけど、僕は気《け》おされて何も言えなかった。

「いいからいいから、たまにはデジタルで描くのもおもしろいよ。画材にかかるお金、電気代だけと替え芯だけだからね。お財布にもやさしい」

はい、と賞状を渡されるように、佐生は両手で僕に押しつけた。

「……じゃあ、借りるだけ借りとくよ」

「うん！　それがいいよ」

佐生は、満足そうに笑う。僕は不満ではあったが、タブレットを鞄の中にしまった。壊さないように大切に使おうと思った。壊したら僕のこづかいでは、弁償できるか怪しい。

「いつ返せばいい？」

「じゃあ、退院したら取りに行くよ。いつになるかわからないけど、それまで借りてて」

「……わかった」

デジタルで絵を描くのか。考えたこともなかった。

「返す頃には、佐生より上手くなってるかもね」

「それはないと思うな」

少し挑発するみたいに、佐生は言った。

「東江くんは天才だけど、わたしはそれなりにすごいから」

のせられているのだと思った。

理由はわからないが佐生はどうしても僕に絵を描かせたいらしい。

「東江くんは、いい目をしてるから」

いつの間にか、佐生の瞳が目と鼻の先にあった。ベッドから身体を起こし、恋人のような距離感で僕の瞳を射貫く。

「なんてね」

からかわれているのだろうか。佐生は、冗談で言ったらしかった。

だけど、僕は言葉に詰まってしまった。

佐生は僕が誰にも話していない秘密を知っていた。

なら、カメラアイのことも知っているのかもしれない、そう思ったのだ。

*

病院から、まっすぐ家に帰った。

鞄を開いて佐生から借りたタブレットを取り出すと、ワイヤレス給電が始まる。充電がなかったようだ。

カメラアイのおかげで昔から絵が得意だった。カメラアイで記憶した風景をよく模写した。線だけなら見たそのままを描くことができる。一度見れば、景色だろうが対象を二度と見なくても、トレースに近い感じで描くことができる。

子どもの頃、一度は絵を描かなくなった。多くの同級生がそうだったように、小学校の高学年になると自然と描くのを辞めた。お絵描きは子供の遊びだと、もっともらしい理由をつけて。

だけど、あの日、佐生の絵を見てから変わった。

僕は、佐生が描いたような絵が描きたかったのかもしれない。

気がつけば絵を描いていた。

タブレットに最低限の充電が溜まり、電源が灯った。

端末に入っているイラスト制作アプリを立ち上げる。単調だったディスプレイに色彩が広がった。

「あっ――」

画面に、佐生の絵が映った。アプリが前回の作業内容を記憶していたのだろう。描きかけの佐生の絵だった。

久しぶりに佐生の絵をまじまじと見た。――いや、嘘だ。佐生の絵を何千、何万回と記憶の中で、みてきた。カメラアイで記憶した佐生の絵を頭に思い浮かべない日はなかっただろう。それだけに、目で佐生の絵を見ると新鮮な気持ちだった。デジタルアートでも変わらない。デジタルでも筆に近いペンがあるのだろう。油彩風のタッチを生かした佐生の絵だった。

やっぱり、佐生みたいな絵が描きたい。

そう思うと同時に、今日佐生に言ってしまったことを後悔した。

――病院だと絵は描かないの？

こんなすごい絵が描けるのに辞めるわけがない。

何か辞めざるを得ない理由があるのかもしれない。もしかしたら……佐生は病状がよくないのだろうか。だとしたら、残酷なことを言ってしまった。

これから、佐生はどうなってしまうのだろう。

佐生の絵を保存して、新規作成する。画面が真っ白なキャンバスに変わった。

デジタルペンシルを画面に当てて、僕は絵を描き始めた。

＊

「……結構描けるもんだな」

数時間後、想像以上に描きたい物が描けて驚いた。

僕は初めて描くデジタルアートに感激していた。基本的には視線で操作できる通常のスマートフォンと同じだ。何億通りもあるカラーパレットから視線だけで色を選択できる。ペンは物理的な入力信号だが、それ以外は体感的に操作方法がわかった。出来上がった絵は、「やばい……天才かもしれない」と自画自賛してしまうほどだった。

佐生が使っていたものだから、デジタルで油画を描く設定がそのまま残されていて、意外と早く慣れることができた。僕と佐生は絵を描くときの癖が似ているのかもしれない。透き通った画面は、紙に近い描き心地だった。引いた線や色が気にくわないとすぐにやり直せるのも楽でいい。僕が使いこなせていないだけで、他にももっと便利な機能があるのだろう。

タブレットを持ったままベッドに仰向けになる。充電しながらの作業でタブレットは熱を持っていた。何故だか一気に疲労を感じる。そういえば、まだ夜ご飯を食べていなかった。だけど、起き上がるのは億劫だった。

絵を描いたあとなのに頭は描くことでいっぱいだった。寝転んだままタブレットでブラウザを開く。デジタルアートについて調べようと思った。

——そのときだった。

画面に検索履歴が映った。

首吊り　意識
酔い止め　致死量　意識
ジメンヒドリナート　致死量
ジフェンヒドラミン　致死量
臭化水素酸　致死量
感電死　意識
出血多量　意識
頸動脈　位置
心臓　位置
刃渡り　九センチ以上

思わずタブレットを顔に落としかけた。

「…………」

なんだこれ。

並んでいる物騒な語句、一歩間違えば命に関わるような……いや本当に死んでしまうのではないか。

このタブレットは佐生の持ち物だ。タブレットは春休みに佐生が学校に置いていったものだ。入院する前の佐生は自殺について調べていた?

――いや違った。この検索履歴は、ブラウザのアカウントが連携されていた。つまり、つい最近まで佐生が調べた履歴がここに同期されてしまったということだ。

佐生が自殺してしまうかもしれない。

――しばらくは、入院することになると思うな。

まさか……本当に病気がよくないのか。病気を苦に自殺、考えられそうな筋書きだった。

不安になって画面をスクロールした。

見てはいけないものを見ている。そう理解していても、履歴を遡って確認してしまう。

下までスクロールしても死因やそれに関する薬物や自殺の手順で履歴が埋まっていた。

――意識があるまま死にたい。

それが、間近の履歴だった。

意識があるまま死にたい……か。どういう意味だろう。そんなこと、これまで一度も考えたことがなかった。意識があるけど死んでいる。幽霊? 佐生は幽霊みたいな存在になりたいのだろうか。どうして、意識があることを気にするのだろう。

わからない。ただ、事実として残っているのは、佐生は死にたいと思っている。

「佐生……」

僕が絵を描くようになったのは、佐生の影響だ。このままでは佐生は絵を辞めてしまうかもしれない。それどころか、死んでしまうかもしれない。

死んでほしくない。

自殺を考えるまでの佐生にどんな経緯があったのかはわからない。本当に死にたいなら僕が何を言っても迷惑だろうし、意志に反するかもしれないがそれでも止めたいと思った。

動機は単純だった。

僕は佐生の描く絵が好きだった。

*

翌日、僕は借りたタブレットを持って、佐生の病室へと向かった。

「佐生、僕に絵を教えてくれないか？」

何とかして、佐生に考え直してもらう。そう決めた。

4　佐生椰

春休みの間に、突然手に痺れを感じた。

わたしにとってよくあることだった。小学生のときからある症状だ。描き続けているとたまになってしまうのだ。わたしは疲労が蓄積しているのだろうと思い、しばらく安静にしていた。

しかし、数日経っても、いっこうに収まらず、一度病院で診てもらうことにした。

病院でCTをとってもらうと、脳に腫瘍が見つかった。

「保護者の方を呼んでください」

その言葉を聞いて、ただ事ではないことがわかった。

お医者さんは気まずそうな顔をして、わたしに病気の説明を始めた。

今まで症状が出ていなかったのが不思議なくらい進行していること。

手足の痺れは続き、手が動かせなくなること。

これから、入院することになること。

目がだんだん見えなくなること。

余命が幾ばくもないこと。

いきなり余命宣告を受けたわたしは、思いのほか冷静だった。わたしが死んだところで誰も悲しむ人がいないからだろうか。家族とは、ほとんど話さない。絵ばかり描いているわたしのことを疎ましく思っているかもしれない。他に仲のいい知り合いもいない。入院することになったが、誰もお見舞いになど来てくれないだろう。これまで、人間関係を避け続けてきた結果だった。少し寂しいような気がしたが、迷惑をかける人を最小限にとどめられてよかったと思った。

——そうか、わたしは死んでしまうのか。

わたしにふさわしい末路だと思った。絵が描けなくなり、目が見えなくなって、やがて死んでしまう。

これまでの清算が行なわれたような気分だった。ダムナティィオ・メモリアエで奪ったことの罰。わたしは病に命を奪われてしまう。わたしの人生なんて所詮こんなものだったのだろう。わたしの年齢で、脳腫瘍は滅多にないらしい。もしかすると、ダムナティィオ・メモリアエは脳に負荷をかけるのかもしれない。そんなことを考えても、もう何も意味がないのだけど。

しかし、それでさえ足りないと思った。わたしに対する罰はそれでいい。だが、わたしが死んでしまうのなら、代わりに誰が先生が生きた証を残せると言うのだろう。

その事に気づいたとき、わたしは初めて涙を流した。

いずれわたしは絵が描けなくなる。

何も残せなくなる。

それだけは避けなければならなかった。

——なにか、方法はないか。

病室の白い天井を見つめながら、考えついたのは、僅かな希望だった。

ダムナティオ・メモリアエで消えた人物は、その存在が一切なかったこととして、世界が再構築される。ならば、もし自分がダムナティオ・メモリアエを受ければ、自分が消してしまった事実すらも消し去ることができるのではないか。

もし可能なのであれば、先生も、これまで消してしまった命すらも、なかったことにできるはずだ。通常の死と同様に、その人が存在していたことを、残せるのではないか。

どうして、もっと早く気づかなかったのだろう。わたしは喜んだ。病室で一人、声を出して笑ってしまったほどだ。

どうせ自分は死んでしまう。ならば、僅かな可能性にでもかけた方がいい。急がなければならなかった。

症状が説明通りなら、わたしは目が見えなくなる。視界がなければダムナティオ・メモリアエを引き起こすことができないだろう。わたしの存在を消すには、この目がまだ見えている間に行なわれなければならない。

しかし、どうすればいいのだろう。存在を消滅させるには、わたしが、わたしの死を観測しなければならない。そんな方法があるのだろうか。

わたしは自殺の方法を調べた。自分の死を見るには、死ぬ間際まで意識があることが必要になるだろう。それが条件になる。意識があるまま死ぬ方法を探した。

調べてわかったことは、意識を保ったまま死ぬことは難しいようだ。

首吊り、感電死、一酸化炭素中毒、水死、焼身自殺、凍死、餓死、失血死、どれも気絶してしまう。ならば薬品でと思ったが、一般人のわたしに手にすることができる範囲の薬品は限られる。死のうとした場合、意識を失ってしまう物しかなかった。

一気に身体の力が抜けた気がした。考えてみれば当たり前だ。人間は死ぬ前に意識を失ってから絶命する。

わたしは何を期待していたのだろう。

わたしは今まで何をしていたのだろう。

罪悪感と後悔ばかりが募る。

このまま何もできないまま、わたしは一人で死んでいくのだろうか。

絵が描きたいと思った。絵だけがわたしの存在を証明してくれる気がした。白い天井がキャンバスに見えて、頭の中で星を描く。いくら描いても、数秒後には何もない白紙のキャンバスに戻る。

何も残らない。

わたしは、ベッドから体を起こした。クローゼットから着替えを取り出して仕度をする。

夜空を見たいと思った。空想ではなく、もうはるか遠くで、消えてしまっているかもしれない実物の星を。

病院の屋上は施錠されてしまっていた。なら抜け出すしかない。朝までに戻ればいいだろう。どうせ、わたしは死んでしまうのだ。少しは大目に見てくれるはずだ。

そんな自分勝手な論理で、わたしは病院を抜け出した。外に出ると、もう春なのに夜は冷えた。

わたしは当てもなく、夜空を眺められる所を探した。数十分病院周辺をうろつくと、自販機の前にベンチを見つけた。腰掛けて空を眺める。静かで落ち着ける場所だった。

絵画教室には屋上があって、こうして星を眺めた。一人ではなく、絵画教室にいたもう一人と。

今、わたしの隣には誰もいない。

戻ろう。

ここで星を見ても何も変えられない。戻っても何もないが、延命はできる。少しでも長く命を繋いで、わたしは自分の存在を消し去る方法を探さなければならない。

どこにも行けないわたしは、大人しく病院に戻るしかなかった。

しかし、帰り道、道路の脇にあるものを見てしまった。

見つけてしまったと思った。

段ボールに入った捨て猫を見つけてしまった。道路の隅っこに置かれた茶色い四角型、側面には『生後二ヶ月の猫です。拾ってください』の文字。

――駄目だ。わたしは戻らなければならない。

わたしは段ボールから視線を逸らし、通り過ぎた。

わたしは、ここにいるべきではない。

わたしは猫を救わない。もし、助けることができなければ存在ごと消してしまう。それに、病院のどこで猫を飼えると言うのだろう。

立ち止まる。

本当にわたしはこれでいいのだろうか。

二十四時間営業の店が目に入った。この時間帯は無人レジしかない。高校生が一人で入っても誰も不審がられないだろう。わたしは中に入ると、ブランケットと子猫用のミルク、哺乳瓶を購入した。

息を切らして、猫が捨てられていた場所まで戻った。

「……おまたせ」

病院で飼えないなんて、ただの言い訳だ。この子の安全を確保したあと、これから飼い主を探せばいい。

猫を抱えようとして、しゃがもうとすると立ちくらみがした。平衡感覚を失ったように、思うように立っていられない。わたしは膝から崩れ落ちた。

少しの間、意識を失うと、後ろから誰かがわたしの名前を呼ぶ声が聞こえた。

「佐生！」

目の前に、東江くんがいた。

「……東江くん、どうしてここに？」

もう目がおかしくなってしまったのかと思った。だけど、東江くんはわたしのすぐ目の前にいた。心配そうな表情でわたしを見ている。

――立ち上がらなければ。そう思って無理やり身体を起こした。東江くんを巻き込みたくなかった。

わたしが状況を東江くんに詳しく説明すると、一時的に猫を預かってくれることになった。

東江くんは本当にやさしい。安堵してしまったわたしは急に身体から力が抜けた。倒れそうになったところを東江くんに支えられる。東江くんは救急車を呼ぼうとしたが、止めてもらった。もし、病院の監視の目が強くなれば、わたしは自分で死ぬこともできなくなってしまうかもしれない。それだけは避けなければならなかった。

それから東江くんの家に着くまでの記憶はない。東江くんの声で、目覚めたわたしは周囲を見渡した。気がつけば玄関にいた。

久しぶりに来た。小学生以来の東江くんの家だった。

――懐かしい。

ふいに涙がこみ上げてきた。

「……本当に、大丈夫なのか？」

東江くんが心配そうにわたしを見た。泣いているところを見られてしまったかもしれない。

「……うん。……ちょっと寝たら元気になったから」

その後、東江くんの部屋で休ませてもらうことになった。

正直、こんなにも急速に自分の身体が弱っているとは思っていなかった。

確実にわたしに死は迫っているらしかった。

悪いけど今は休ませてもらおう。そう思って東江くんの自室に入ったときだった。

「……東江くん。絵、描いてる」

久しぶりに見る東江くんの絵だった。

「……なんで泣いてるんだよ」

「なんでもないよ。なんでもない」

止めようと思っても、止まらなかった。

安心した。東江くんが絵を描き続けてくれていることが、とてもうれしかった。

……東江くん。

「わたしが、もう少しで死んでしまうかわいそうな女の子だって言ったら信じる?」

今になって思えば、なんであんなことを言ったのだろう。

ただ、東江くんと話したかったのかもしれない。

少しでも、この状況を長く続けたかったのかもしれない。
ベッドに潜り込むと懐かしい匂いがした。こんなにも穏やかな夜は、いつ以来だろう。
安心して眠りにつくことができた。

しかし、翌朝、世界は再構築されてしまう。
わたしが猫の死を見たせいで。
東江くんは、記憶を失う。
また、わたしを忘れる。
わたしは、一人取り残される。

5　東江夏輪

「佐生、僕に絵を教えてくれないか？」

病室に入るなり、そう伝えた。

本気だった。佐生に絵を辞めてほしくなかった。

佐生は、一瞬きょとんとした顔をする。

「……え？　絵？　わたしに？」

「そう。佐生に教えてほしい」

「…………………」

佐生は、驚いたように目を瞬かせる。

「……ご、ごめん、いきなり来て迷惑だったかな」

驚いている佐生の顔を見て、自分はとんでもなく迷惑なお願いをしているのではと思い直す。

「ううん。それはいいんだけど。で、でも、ここだと画材とかないよ」

「それなら――」

鞄から借りているタブレットを取り出した。

「デジタルなら病院でも問題なく描ける。それにまだ使い方とか慣れてないんだ。佐生に教えてもらえると、その……うれしい」

言っている途中で、気恥ずかしくなった。

昨日の今日で僕は何をしているんだろう。

たしかに佐生は自殺について調べていたが、本当にするとは限らない。入院して気分が落ち込めば、調べるくらいであれば別におかしくはないのではないか。

「うん。いいよ」

あっさりと佐生は了承した。

「わたしでよければ教えるよ」

ジッと目を見られる。きれいな目だ。同じ物質でできているはずなのに、僕とは違って澄んでいる気がする。

「おお……ありがとう」

「自分から頼んだのに、なんで意外そうな顔してるの」

佐生は僕の反応がおかしかったのか笑った。

「てっきり断られると思ってた」

「なんで？」

「この前、絵はもう描かないとか言ってたから」

「うん。でも、東江くんに頼まれたら断れないかなって」

「なんで、佐生は僕にやさしいんだ？」

最近まで話したこともなかったはずだ。

「それを言うなら、東江くんもだよ。どうして、わたしにやさしいの？」

試すように佐生は言う。

「東江くんにとって、わたしはただのクラスメイトのはずだよ」

「特段、やさしいと思われることはしてないよ。学校の用事で来ただけだし」

「昨日はそうでも今日は？」

「……絵を教わるためだよ。上手くなりたいんだ」

「本当にそれだけ？　絵が上手くなりたいなら探せば予備校とか絵画教室があるよ」

「それは――」

本当は佐生のことが心配だからだ。

佐生がもし自殺を考えているなら止めたい。

「それはね。わたしたちは、ただのクラスメイトではなかったからだよ」

「……どういう意味？」

佐生はときどき、よくわからないことを言う。

「さっ！　描こうよ。面会時間は待ってくれないよ！」

ごまかすように佐生は笑った。

＊

佐生と絵を描くことになった。ただし教えてくれるのではなく、一緒に絵を描いて講評し合うらしい。佐生が通っていた絵画教室ではそうするらしかった。

手頃な被写体がなかったので、病院の窓から見える風景を描く。

「東江くんは、なんで学校の授業から美術がなくなったのか知ってる？」

「知らないけど、単純に授業数の都合じゃないの？」

「もっと大事なことだよ。人間の尊厳に関わることだから」

「そんな壮大な話なんだ」

「うん。差別の話だからね」

「差別？」

一瞬、冗談かと思ったけどそうではないようだ。僕は真顔になってしまう。

「昔学校の健康診断では色覚検査が行なわれていたんだ」

「行なわれていたってことは、今はやらなくなったんだ」

学校の健康診断も血を抜くだけだった。

「そう、なくなった。それがいいことなのかはわからないけど、教育の現場では色覚を隠すことにしたみたい。図工や美術がなくなったのは、塗った色が違って怒られたり、馬鹿にされたりする機会をなくすための手段だったんだって」

何となく想像できた。色覚異常の生徒が、見たままの色を使っただけで理解のない教師に叱られる姿を。その様子を不思議そうに見ている他の生徒を。

正しい事実が一つあったとして、それを二つの視点から見て、意見が違えば多数派が正しさの証明になる気がした。

「佐生はよくそんなこと知ってるね」

「たしかに、なんでそんなこと知ってるんだろ」

佐生は自分で不思議がっていた。

「きっと怖いんだよ。わたしは誰よりも人目を気にしてる。もし自分の絵が伝わらないのだとしたら、とても怖いから。見ているものが違う。それほど恐ろしいことはないと思うんだ」

佐生がそんなことを気にしているのは意外に思えた。あんなに絵が上手いのに。

「うーん、違うなあ」

佐生は、指であたりを取っている。なかなか構図が決まらないらしく、さっきから唸っている。

「デスケルとかあればいいのに。それか、わたしも東江くんみたいにカメラアイがあればな……」

「えっ？」

「あっ」

しまったという顔をして、佐生は露骨に視線を逸らした。

「なんで、カメラアイのことを？」

「な、なんとなくだよ」

「……それは無理があるよ」

なんとなくで、僕の秘密が暴かれてしまっては困る。

絵を描いてるのがバレていたことといい、どうして佐生は僕の秘密を知っているのだろう。

僕が詰め寄ると佐生は諦めたように話し始めた。

「昔、東江くんの絵を見たことがあるんだ。小学生の頃の話なんだけど」

「小学生の頃？」

記憶にない。休み時間にでも描いたのだろうか。

「そう。東江くんが描いていた油画だよ」

「油画を……」

油画を覚えたのは、割と最近のことだ。絵自体は昔から描いていたが、小学生のときに描いているはずがない。

「その時、東江くんの絵を見て思ったんだ。この人は、この世界をそのまま見て描けるんだなって」

「どういう意味？」

「小学生にしては絵が上手すぎたんだよ。東江くんの絵には消失点が二つあった。一般に描かれる消失点が一つの透視図法とは違う。瞬間記憶能力にはカメラアイって名前がついているけど正確には違うんだよ。人間の目はどちらかというと魚眼的で、二つ目があるから立体視になる。カメラみたいに一点透視にはならない。人間の見ている世界には嘘があるんだ」

人間の見ている世界には嘘がある。何故だかその言葉には強く惹かれるものがあった。思えばスナイパーはスコープを覗くとき片目で見る（映画でしか見たことがないが）。それは正しい世界を見るための手段なのだろう。決して間違えないために、嘘の世界を捨てる。

「錯視とかもそうだよね。わたしもあんまり詳しくないんだけど、人間の目は進化の過程で未来を予測するようになったんだって。未来を見ようとした結果、動いていない模様が動いて見えたり、運動している物体の位置が実際より先に見えたりするんだ」

佐生の説明に僕は少し感心してしまう。絵を描くのにあまり関係なさそうだが、よく知っているものだ。

「話を戻すけど、それでわたしは東江くんに聞いたんだ。『どうして、そんなに絵が上手いの？』って」

僕にそんな記憶はない。

佐生は、嘘をついている？

でも、何のために？

どうして佐生は僕に絶対バレる嘘をつくのだろう。

「……それで東江くんは言ったんだ。『誰にも言わない？』って、少し恥ずかしそうにね」

僕と佐生が話したのはこの病院が初めてのはずだ。

「わたしは『もちろん、誰にも言わないよ』って答えると、東江くんはカメラアイについて教えてくれたんだよ。覚えていないかもしれないけどね」

カメラアイについては誰にも話していない。少なくとも、カメラアイを持つ僕の記憶には。

「……佐生の話は矛盾してるよ。僕がカメラアイなのだとしたら、そのときの映像記憶を思い出せるはずだ。だけど、僕は覚えていない」

僕だって過去にあった出来事を忘れることはある。だけど、画像だけは思い出せる。そういう作りに僕はなっている。頭の中の古い記憶をたどってピントを合わせるだけだ。

過去に、僕と佐生が会話した映像はない。奇妙なほどに。

「そうかもね。でも、わたしは東江くんがカメラアイを持っている事実を知ってるよ？」

たしかに、それは何故だろう。佐生に話した覚えがないのと同様に、誰にも話したことがないのだから。

だけど、本当は僕が忘れているのだとしたら？

「……本当の話なのか？」

ふいに佐生は視線を外した。

何かをこらえるように、口元が収斂する。

佐生は泣いていた。

「大丈夫？」

「……ごめん」

袖で涙を拭う。

「わたし……なんでだろ……懐かしくて……」

「…………」

今一度、自分の記憶を反芻する。

佐生と話した記憶はない。

どうして佐生は泣いているのだろう。

懐かしい、ってなんだよ。

佐生が嘘をついてるようには見えなかった。

僕には何もわからなかった。

＊

その後、何事もなかったかのように佐生は絵を描き始めた。

「うん。まあまあかな」

佐生は満足そうに、自身が描いた風景画のデッサンを眺める。

佐生の絵は相変わらず上手かった。

これが佐生の絵だ。技術もそうだが、佐生の絵は残すための意志が感じられる。

病院の窓から見える中庭が描かれていた。鉛筆の黒だけで描かれた絵だが、とてもそうは思えなかった。木々はどうやって描いたのだろう。ステンレスウールをこすりつけたような繊細なタッチで描かれている。描き始めは頷きながら、鉛筆で軽く線を引くだけだった。だが、途中から火がついてしまったのか。細かいところは、鉛筆をヤスリにかけて粉をこすりつけることで描いていた。そのせいか指が真っ黒になっている。心なしかベッドのシーツも黒く汚れている。あとで看護師さんに怒られるだろう。

——なんだ。描けるじゃないか。

僕の杞憂だったのだろうか。

入院した佐生は、絵を描かなくなった。だけど、そこに因果関係はなかったのかもしれない。

僕が知らなかっただけで、佐生は以前から絵を続けるか悩んでいたのかもしれない。

僕たちはこの春で高校三年生になった。今年は受験がある。高校生の岐路としては、特段おかしなことではなかったのだろう。

だけど、もったいないと思った。これだけ描ければ、美大も佐生にはとっては通過点にすぎないだろう。芸術の良し悪しを天秤にかけることは難しいが、佐生にはそれを上回る才能がある。

「東江くんは描けた？」

「ああ……うん」

僕は紙ではなく、タブレットで描いたデッサンだ。実際の紙とほとんど変わらない精度で描くことができる。

「やばい……天才かもしれない」

突然、佐生は冗談めかして言った。

「って、東江くん描いてるとき自分の絵を見ながら言ってたよ」

「ええっ？　本当に？」

口に出ていたのか。顔が熱くなる。これまで絵を描くときは、ずっと一人で絵を描いていたからたまに自分の絵を自画自賛することはあった。だけど、さすがに人前では言わないと思うのだが。

「嘘だよ。今日は言ってなかった」

「そうか。それはよかった」

よかったのだろうか。

「なんで、佐生は僕の口癖を知ってるんだ」

やはり、よくはないだろう。自分で言っておいて恥ずかしくなる。今日、言っていないなら、昨日以降も佐生の耳には入っていないはずだ。これまで僕は一人でしか描いてこなかったのだから。

「東江くんの隣でよく絵を描いていたからかな」

「なんだそれ……」

佐生と僕は今日初めて肩を並べて絵を描いたというのに。

「うん、やっぱり東江くんはすごいね」

話を逸らすように、そっとタブレットを撫でた。

「一度見ただけで一息に、この絵を描き上げた」

それなりに上手く描けているのだろう。

だけど、僕は満足できていなかった。

たしかにこの絵は僕が見た世界をそのまま写しているのかもしれない。

「何か納得できなくて……この絵は『写真みたいな絵』でしかないと思うんだ。それなら写真でもよくて、絵である必要がないような」

「東江くんは目に見えないことを気にするんだね」

佐生は僕の漠然とした質問に、うれしそうに答えた。

「二十世紀、写実的な絵の価値観が大きく変わったんだ」

少し得意げに佐生は僕に説明する。

「カメラが現れてから、絵を現実に近づける必要がなくなったのです」

説明を受けて僕は頭の中で、教科書をめくる。

遠い昔、識字率の低い時代。絵が言葉の代わりを担っていた。文字のない物語を伝えるためには、リアリティのある絵を表現することが求められた。

「特別な技術を必要とせず、誰でも目に映る通りの世界を表現できるカメラ。これまで絵を現実に近づけようとしていた画家たちの理念が崩れてしまった。でも、カメラのおかげで正解が一つではないことに画家たちは気づかされた。絵は目に映る通りの世界を描くだけじゃない。嘘を描いてもいいし、存在しないものを描いてもいい」

それは前向きなとらえ方だと思った。

確固たる正解がなくなってしまった今、何を描くべきなのだろうか。

「東江くんは何が描きたいの？」

「僕が描きたいのは――」

何が描きたいか。

難しい問いだと思った。そもそも絵を描く意味などあるのだろうか。何のために描いているのだろう。描かなくても生きていけそうだ。僕が絵を描くきっかけになったのは。

「佐生みたいな絵……かな？」

佐生の絵を見てからだから、そう答えるのが自然な気がした。

「なんで疑問形なの？」

「いや、なんでだろう。好きな絵だからかな。なんだか懐かしい感じがするんだ」

「……まあそう言われると悪い気はしないね」

にやけながら佐生は画面を見つめる。

「では師匠として何かアドバイスをしてあげたいけど……線が正確すぎて……いやこれは面なのかな。正しいと思わせる力がある。デッサンだとあんまり教えることがないや」

佐生は、少しだけへこんでいるように見えた。

「カメラアイってずるいよ」

すねたように口をとがらせた。

なんだか懐かしい気分だった。

佐生が言うように本当に昔、一緒に描いていたのかもしれない。僕たちはもう高校生なのに、小さい子供がするみたいに夢中で絵を描いていた。

思えばいつから忘れてしまったのだろう。

「どうして大人になると、みんな絵を描かなくなるんだろう」

僕が小学生のとき疑問に思ったことだった。幼い頃は大人気コンテンツだったはずのお絵描きが、成長するにつれて誰もやらなくなってしまう。

「それはね。みんな成長していくにつれて、残すための選択肢が増えるからだと思うな」

これまで絵を続けてきた佐生が言う。

「残すための選択肢？」

「うん。わたしには絵しかなかったけど、他にもたくさん手段があると思うんだ。残せるなら何でもよくて、みんな大人になるにつれて、それを見つけていくんだと思うな。子供が絵を描くのはそれが一番身近な方法だから」

「なるほどね」

子供にとってそれが手軽な手段だったとして、描くことを辞めた佐生は、他に残す手段を見つけられたのだろうか。

＊

それから毎日、学校が終わると、すぐに病院に向かった。

病室をノックして、佐生の返事を待ってから中に入る。

顔を合わせると、ぱっと佐生の表情が明るくなる。その瞬間に僕も頬が緩んでしまう。

「買ってきたよ、これ、溶ける前に」

来る途中のコンビニで買ったカップアイスをレジ袋ごと佐生に渡す。バニラを買ってきた。佐生はバニラが好きらしい。

「外の世界からのめぐみだー！　ありがとー！」

佐生はディストピア作品みたいなことを言う。だけど、そのとき浮かんだ佐生の顔を見て、僕は買ってきてよかったなと思った。

「東江くん、自分の分は買ってきてないの？」

「まだこの時期にアイスは寒いから」

「この部屋は暖かいのに」

たしかにそうだ。

別に部屋の中だから寒くもない。

「一口あげようか？」

「いいよ。佐生のために買ってきたんだから、佐生が食べられたらそれでいいだろ」

「…………」

そう言うと佐生は不満そうな顔をする。

だけど、アイスは食べ続けていた。おいしいらしい。

「わかったよ。今度から自分の分も買ってくるよ」

「うん。それでよろしい」

頷くと、佐生は食べ終わったアイスをベッドの隣にあるゴミ箱に捨てた。

「これで明日は二つ食べれる」

「僕のも食べるのかよ！」

佐生は「冗談だよ」とくすくす笑う。

病院で大きい声を出してしまった。

「ところでこれって、美術室にあるのと同じなんだよね」

佐生は病室にある花瓶を指さした。シンプルなデザインの花瓶で、つるつるとした陶器だった。僕は美術室に入ったことがなかったので、わからなかった。授業がなくなってからは部活動の生徒しか出入りしない。

「そうなんだ」

佐生はスケッチブックと鉛筆を持って花瓶を観察し始めた。今日はそれを描くつもりらしい。

「どっかの既製品なのかな……あっ――」

芯のとがった鉛筆が佐生の手元からこぼれ落ちる。

カランカランと床に転がって僕の足下で止まった。

拾い上げて佐生に手渡した。

「ごめん、ありがとう。わっ！　芯が折れてる……」

落ちた衝撃でポッキリと先が折れた鉛筆を見て、佐生はへこんでいた。

だけど、すぐに思いついたみたいにペンケースからキャップのついた別の鉛筆を取り出す。

取り出したのだが――

また、カランカランと乾いた音が鳴った。

鉛筆が床に転がる。

落としたのだ。

「あれ……おかしいな」

佐生は困惑しているように見えた。空気を摑むみたいに指を握ったり閉じたりしている。

「大丈夫？」

「うん……大丈夫」

口ではそう言うが顔色がまっ青だった。再びペンケースからキャップのついた鉛筆を取り出した。今度は落としはしなかったが、その持ち方はまるで子供が初めて鉛筆を持ったような、握りしめるような持ち方だった。

「……体調がすぐれないなら休んだ方がいいよ」

見ていられなくなって僕は声をかける。

「ううん、本当に大丈夫だよ。ちょっとふらっとしただけだから」

佐生は心配をかけたくないようだった。

横目に佐生の絵をみる。先ほどのおぼつかない様子が嘘のように佐生は線を描いていた。

＊

家に帰った僕は、A判定が並んだ模試の結果を消去して絵を描く。

いい教師に巡り会えたからだろうか。今さらどうしてか、描くのが楽しくてたまらなかった。

佐生と描く絵は楽しくて余韻が残る。家に帰ってからも、僕は何かを払拭するように絵を描き続けていた。

病院で佐生が言っていたことを思い出す。

佐生にとって、絵は残すための手段だった。

その話を聞いて、佐生が絵を辞めた理由が余計にわからなかった。

記憶した佐生の絵が頭に浮かぶ。佐生はあれだけ描ける。何もない僕が絵を描き始めてしまうほど、影響を与える力を持っているくせに。

僕は佐生が入院している理由も、自殺について調べていた理由も、佐生について何も知らなかった。最近になって初めて話したのだから当然なのだが、佐生の方は昔から僕を知っているようだった。

佐生は、僕のことをただのクラスメイトではないと言った。小学生のとき、一緒に絵を描いていたのだと。

これまで生きてきて自分の記憶を疑ったことはない。

だからこそ、佐生がカメラアイについて知っているのが、不思議で仕方がなかった。誰にも話したことがないからだ。

思い返してみれば、自分のこれまでの人生が白紙で空虚に映る。

これまで何もない人生だった。

物語でいえば僕はモブキャラだろう。何も語るところがなく、ただ数合わせとしてそこに存在していただけ。

記憶力のおかげで勉強だけはできたが、本当にそれだけだ。

絵を描くのが好きなくせに、美術部にも入らず、絵画教室にも通わない。

このあとの僕の人生は、容易に想像ができるだろう。無難に大学に進学し、サークルには入らず四年間だらだらと過ごし、就職活動には苦労しながらも筆記テストの成績を買われて内定を得る。そんな未来だろう。

もし、佐生が言っていることが本当にそうだったのなら、僕の人生はどう変わっていただろう。小学校の頃から、佐生と面識があり一緒に学校生活を送っていたなら。きっと、僕の人生はもっと変わっていたはずだった。

おそらく手を伸ばせば届くところにあった。

だけど、手に取ることはできなかった。

小学生の僕は佐生の絵を見て話しかけることができなかったのだ。

どうして、君の絵が好きだと一言いえなかったのだろう。後悔ばかりが募る。

今になって、初めて僕は佐生と話す機会を得た。それも外部的な要因だ。自分の決断じゃない。学校から頼まれて佐生に会いに行った。

あのときになって、初めて佐生の絵を好きだと言えた。自分から佐生に会いに行ったのは、あの日が初めてだった。僕たちは来年の三月には高校を卒業することになる。僕は自分の意志で、佐生に会わなくてはならないと思った。

ある程度描き進めた絵を俯瞰して見る。

「やばい……天才かもしれない」

「自画自賛やね」

「うわっ！」

隣にいつの間にか母さんがいた。

「ご飯できてるよ」

「……ああ、ありがとう」

「夏輪、絵描いてるの？」

「……まあね」

何気ない様子で言ったつもりだが、見られるとは思っていなかったので少し動揺していた。ノックにも気づかないほど集中していたらしい。

「ずいぶん……上手いね。本物みたい」

母さんは目を丸くしていた。今まで描いていたことは隠していたから、絵を見せたのはこれが初めてだった。

「そりゃどうも」

「美大でも行きたいの？」

「まあ……いけたらね」

昔から変に勘が鋭い。

母さんは、ふーんと相づちを打つ。

「もったいないねー。勉強できるのに。わたしは学費が安いならどこでもいいけどね。好きなとこ行きな」

進路のことなんて話したくなかった。誰も油画なんて描かない時代だ。理解してもらえるとも思わない。

「後悔しないようにね」

部屋を出る前にぽつりと言い残される。
「……やれるだけやってやるさ」
僕は絵を描く。
僕が続けることで、描くのを辞めた佐生に何か影響を与えたかった。
僕が描き始めたのは佐生の影響だ。
佐生に戻ってきてほしかった。

6　佐生栅

いつも見る夢がある。

小学生の頃のわたし。

東江くんと共に先生がいる絵画教室で、絵を描く日々。東江くんはすごく絵が上手くて、わたしは目を輝かせてそれを見ている。

東江くんは、わたしと同じ絵画教室にいた。

わたしが消してしまった先生と同じ教室に。

絵画教室がなくなってから、東江くんは絵を描かなくなった。

先生が絵画教室を開く世界がなくなって、東江くんは絵を学ぶ機会を失ったのだろう。

それから、東江くんとわたしは話すこともなくなった。

何度もわたしから東江くんに話しかけようと思った。そうすれば、彼はきっとわたしを救ってくれただろう。嫌な顔をせずに、一緒に絵を描いてくれただろう。

だけど、わたしにはそれができなかった。

声をかけようとして、ふとした瞬間に怖くなるのだ。東江くんから、これ以上なにかを奪いたくなかった。万が一、何かがあってしまったとき、わたしは自分を許すことができないだろう。

だから、東江くんが絵を続けていることを知ったときは本当にうれしかった。

よかった。

安堵で涙がこみ上げてきて止まらなかった。

あのとき、隣で東江くんが心配そうな顔をしていた。なんとか泣き止もうとしたけど駄目だった。とてもこらえきれるものではなかった。ずっと、わたしは東江くんから絵を奪ってしまったと思っていた。恩師だった先生の存在を消してしまい、東江くんからも大切な記憶を消してしまったのだと悔やんでいた。

東江くんが絵を続けていて、本当に良かった。


やはり、わたしと東江くんとの間には、妙な縁があるのだろう。

世界が再構築されたあと、東江くんがお見舞いに来てくれた。

わたしには罪悪感と喪失感があった。

わたしは、あの猫を消してしまった。東江くんは昨日のことなど忘れて、お見舞いに来てくれている。

「病院だと絵は描かないの？」

わたしのタブレットを見て、東江くんはそう言った。デジタルで絵を描くために買ったタブレットだった。デジタルならネットに絵を投稿して、より多くの人に届けられると思った。

先生が生きていた証をより残すために。

「絵は……もういいかな」

だけど、わたしにはもう必要のない物だった。

絵を描いている暇はない。自分を消す方法をわたしは探さなければならなかった。

「……なんで？　あんなに上手いのに」

その言葉を聞いて、わたしは思わずうれしくなってしまった。

東江くんに、わたしの絵が見られていた。わたしの絵が認識されていた。

――駄目だ。わたしにとって、絵は残すための手段だった。幸せを得るためのものではない。わたしにそんな資格はない。

絵を描いて楽しかったのは、小学生の頃までだ。東江くんと先生がいた教室で純粋に楽しんでいたあの頃まで。

「わたしも絵だけは辞めないと思っていたんだけどね」

わたしが消えてしまえば、もう描く必要はない。

描いたって何も残らないのだから。

「……佐生の絵、好きだったんだけどな」

ほとんど聞こえない声で東江くんが言った。

「……わたしの絵、見てくれてたの？」

わたしはその言葉を聞いて過剰に反応してしまう。

「本当？　本当に？」

「ああ、うん」

東江くんが、わたしの絵を好きだと言ってくれた。認識されていただけでもうれしかったのに、顔がにやけてしまいそうだった。我慢しようとわたしは顔を伏せる。視線を落とした先にタブレットが目に入る。

——そうだ。

「そっか。ねえ、東江くんは……絵を描かないの？」

「えっ？　僕は帰宅部だぞ？」

「知ってるよ。でも、東江くんも描いてるんでしょ？」

「……なんで僕が絵を描いてることを知っているんだ」

わたしは何がしたいのだろう。自分でも驚いたが言ってしまった。

わたしは東江くんに示したくなっていた。忘れてしまっているかもしれないが、わたしたちは昔からの知り合いなのだと。

「さあ、なんとなくかな」

すんでのところでわたしは、言うのをやめる。冗談っぽく話して、さっき言ってしまったことが嘘に聞こえるように。

「……絶対、誰にもバレていないと思ったのにな」

残念だったね、と言うと、自然と笑みがこぼれてしまった。東江くんと話すと、何でもないことでも、楽しくなってしまう。

「東江くんは、これからも絵を描き続ける？」

「どうだろうな。趣味程度に続けるんじゃないか？」

「そっか」

うれしくて、顔がにやけてしまうのを我慢する。我慢できてなかったかもしれない。

「これ、よかったら東江くんにあげるよ」

わたしはタブレットを手渡した。わたしが東江くんのためにできることはこれくらいだ。もうわたしは長くない。この世界から自分の存在を消す。自分の死をこの瞳に写し取る。その方法はまだわからない。

わたしにとって、これは保険だった。わたしが自殺に失敗しても、これから先、東江くんが絵を描き続けるきっかけになるかもしれない。少しでも東江くんのためになるなら、何もしないよりはいいはずだ。

——本当にそうなのだろうか？

本当は覚えていてほしいのではないか。

わたしが死んだあと、東江くんに弔ってほしいのではないか。

これから先、わたしのいない世界を、ときどき思い出してほしいのではないか。


翌日また東江くんはお見舞いに来てくれた。

東江くんはわたしに会いに来てくれたのだ。心臓の鼓動が早くなるのを感じた。昨日は学校から頼まれたから来たのだろうが、今日は違う。

「佐生、僕に絵を教えてくれないか？」

タブレットを渡したことで、まさかこんなことになるとは思わなかった。

わたしは、ひとしきり動揺したあと、少し冷静になった。

「うん。いいよ」

わたしは了承した。

東江くんとまた絵が描けることを喜ぼうと思ったのだ。これはダムナティオ・メモリアエが失敗したときの保険だ。そう自分に言い訳を残して。

少しだけわたしに残された幸福なのだと。

「なんで、佐生は僕にやさしいんだ？」

やさしいのは東江くんだった。何度わたしを忘れても、何度でもわたしの元に来てくれる。

「それはね。わたしたちは、ただのクラスメイトではなかったからだよ」

またわたしは冗談に聞こえるように、そう言った。

ダムナティオ・メモリアエについては話せない。話しても誰も信じてくれない。東江くんは既に二度、わたしを忘れている。

東江くんと絵を描く。

こうして肩を並べると絵画教室を思い出した。

先生の元で、絵を教わる東江くんとわたし。学校が終わった後、そのままランドセルを背負って一緒に教室へ向かった。休みの日は朝から教室に行って、暗くなるまで残った。先生に片付けを促されたあと、わたしと東江くんはしぶしぶ帰り支度をする。でも、途中で飽きてしまって屋上に上がる。そして、二人で星を見るのだ。東江くんは星座に詳しくて名前を教えてくれた。絵画教室はなくなってしまったけれど、今でもあの場所からは星が見えるのだろうか。

忘れるはずがない思い出だった。

わたしは東江くんの絵が好きだった。目に映るそのままを描く、カメラで撮ったような写実的な絵。

しかし、東江くんは自分の描く絵が気に入らないみたいだった。

わたしは、こんなに上手なのに、どうして首をかしげるのか理由を聞いた。

『見たままの景色を描きたかったんだけど……でも、人間の目はこうなってはいないみたいだから』

ピントが複数合った絵を見て東江くんは言う。

写真みたいに正確に現実を写し取った素晴らしい絵。誰が見てもそう思うはずだ。

『……違うの？　わたしにはそう見えるよ』

『佐生がそう見えるならそれでいいと思うよ。だけど本来、人間の目のピントはもっと狭いんだって、これは写真みたいに複数の角度から見た景色を頭で合成している景色なんだ』

東江くんは目を閉じる。記憶を反芻させて、目の前の絵と元になった景色を比べているのだろうか。

『ふーん。わたしはこれでいいと思うけどな』

わたしは、東江くんが納得していなさそうな表情をしているのが、なんだか悔しかった。

『先生が言ってたんだ。五百年もの間、画家たちは三次元の世界を二次元の世界に落とし込む技術だけを追い続けていたんだって』

『今もそうじゃないの?』

『それがね。現代にはカメラがあるから。特別な技術を必要としないで、誰もが目に映る通りの世界を表現できるようになってしまった。それまで文字が読めない人のために描かれていた絵は価値を失って、これまでの正解が崩れてしまったんだ』

それは当時のわたしにとって衝撃的な言葉だった。

それまでわたしは無意識に素晴らしい絵とは、遠近法にのっとったリアルに描かれた絵だと思っていた。

『って難しいことを言ったけど、全部先生の受け売りなんだけどね』

東江くんは照れたように笑った。

『これから別の何かが必要になってくるんだと思う。先生は描きたいものを、描けばいいって言ってるけど……』

そこでわたしは、先生が普段言っていたことを思い出した。

誰でも、目に映る通りの世界を表現できる現代で何を描くべきなのか。

素晴らしい絵とは何なのか。

答えのない問いにわたしたちは向き合っていかなければならないのだと。わたしはそのことを深く考えたことがなかった。ただ楽しくて描いていただけだった。

『東江くんは何が描きたいの？』

わたしは純粋な疑問をぶつけた。わたしと同い年の東江くんが先生の言葉をどう受け取ったのか気になっていた。

『……うーんとね。……描きたい絵はあるよ』

急に東江くんは歯切れが悪くなる。

『そうなんだ。東江くんは何を描こうと思ってるの？』

『えっと……』

そこまで言うと、東江くんは顔を赤くして言葉を詰まらせてしまった。

『……秘密』

わたしには答えにくい返答のようだった。

『えー教えてよ』

『佐生には秘密だよ。絶対言えない』

『えーっ！』

そう言われて当時のわたしは、あまりいい気がしなかったのを覚えている。その秘密を知るのはもう少し先のことになる。

当時のわたしにとって東江くんは憧れの対象だった。東江くんには才能があった。東江くんの絵には、わたしにはないあるものがある。幼いわたしにもそれがわかった。わたしには見えていないものが東江くんには見えている。先生も表には出さないようにしていたのだろうけど、東江くんの絵には違った視線を向けていた。先生は芸術大学に行ったあと画家の夢を諦め、デザイナーになったと言っていた。東江くんを育てることで、自分の夢を託したいと思っていたのかもしれない。

だからこそ、わたしは天才にならなければいけなかった。

東江くんという天才をわたしは摘んでしまったかもしれない。東江くん以外に先生の元で教わっていた他の生徒たち、これから訪れたかもしれない生徒、先生が後世に残そうとしたものをわたしは、すべて奪ってしまった。

わたしは描き続けなければならなかった。ダムナティオ・メモリアエ以降、それがわたしの人生だった。ただ楽しいだけで描いていた絵は終わりを迎えて、わたしに重くのしかかってきているのがわかった。先生に楽しく描くように教わったのに、わたしは苦しくなる。目の前の絵は現実に近づいていく。だけど、残そうとすればするほど、本質から遠ざかっていくような気がした。何を描けばいいかなんて考えている余裕はなかった。描くだけで精いっぱいだった。

それから、描き続けたかいがあったのだろうか、技術だけは向上させることができた。わたしの絵はそれなりに認められるようになった。

著名なコンクールで賞をもらえたし、SNSにあげた絵も評価されるようになった。今の高校には推薦で入ることができた。また東江くんと同じ高校に入れるとは思っていなかったから、がんばってきた自分を少しは褒めてもいいのかもしれなかった。

だけど、わたしは学校で東江くんを見かけるたびに胸を締め付けられるようにつらくなった。東江くんは小学生の頃と比べると、ずっと背が伸びていて大きくなっていた。わたしが摘んでしまった可能性をみせつけられているような気持ちになった。

それでも、東江くんに絵を褒められたときはうれしかった。初めて報われた気がした。わたしにとってすべてで、それだけでよかった。わたしは君を目指しながら絵を描いていたんだよ、そう伝えたくなった。言っても意味がわからないだろうけど、わたしにとって東江くんに褒められることは、本当にうれしかった。


病室で目の前の白紙を見つめる。

わたしは、なかなか描き出せないでいた。

しばらく絵を描いていない。

怖くて手が動かせなかった。もし、上手く描けなかったら――思うように手が動かなかったら幻滅されてしまうかもしれない。

小学生の頃は、わたしが教わる立場だった。迷いなく線を引いていく東江くんを見て、この人はこれからも絵を描き続けるのだろう。そう思った。

東江くんはカメラアイの持ち主だった。信じられないが、一度見たものを記憶することができる。

ときどき東江くんを羨ましく思っていた。カメラアイがあれば、もっと絵が上手に描けるだろう。わたしにカメラアイがあれば、消えてしまった先生も、写真のように正確に描くことができただろう。奪うことしかできないわたしとは違う。この人が見たものはすべて色づいて残っていく。

指で、病院から見える風景のあたりを取る。

「デスケルとかあればいいのに。それか、わたしも東江くんみたいにカメラアイがあればな……」

「えっ？」

「あっ」

東江くんのことばかり考えていたわたしは、うっかり口を滑らせてしまった。

「なんで僕がカメラアイだって知ってるの？」

「な、なんとなくだよ」

「……それは無理があるよ」

自分でも無理があると思った。

だけど、わたしが知っているのは事実だった。

仕方なくわたしは、小学生の頃の思い出を語った。

東江くんが忘れてしまった、東江くんとの思い出を。

「……佐生の話は矛盾してるよ。僕がカメラアイなら、そのときの映像を思い出せるはずだ。だけど、僕は覚えていない」

はっきりと言葉にされる。東江くんは忘れてしまった。わたしと絵画教室に通っていた過去も、一緒に猫を助けたこともすべてなかったことになってしまった。

ダムナティオ・メモリアエはすべてを奪ってしまう。

たとえ東江くんでも残すことができない。

「そうかもね。でも、わたしは東江くんがカメラアイを持っている事実を知ってるよ？」

それでも、わたしは認めたくなかったのだろうか。東江くんを困らせることを言ってしまった。

「……本当の話なのか？」

東江くんは、わたしを気遣ってか、そう言った。

涙が勝手に溢れてくる。

「大丈夫？」

「……ごめん」

最近のわたしは泣いてばかりだった。

「わたし……なんでだろ……懐かしくて……」

東江くんに忘れられたことで泣いたのではなかった。

思い出が頭を巡る。

ダムナティオ・メモリアエさえなければ、わたしたちの関係は続いて、こうして絵を描き続けているはずだった。

これは罰なのだろう。

東江くんは、やさしい。

これからも定期的にお見舞いに来て、一緒に絵を描いてくれるだろう。

だけど、ここで東江くんと絵を描き続けたら――

わたしは病気について話さざるを得ないだろう。

言わなくてはならなくなる。やがて手足が痺れ、絵が描けなくなることを。目が見えなくなることを。余命が幾ばくも無いことを。

ダムナティオ・メモリアエで失った過去を。

わたしは、どんな顔で伝えたらいいのだろう。

ここ最近で、だいぶ身体の自由がきかなくなってきた。本当にわたしは死に向かっているらしい。ちょっと前までは健康体だと思っていたのに、もう元には戻れないのだろう。

日に日に重力が強くなっていくように、身体が重くなるのを感じる。肉体が動けなくなれば、次は視界を失う、その次はわたしの命を。

きっと、まだ運が良かったのだろう。描けなくなる前に、東江くんと最後に絵が描けて幸せだった。身体が動かなくなってもいい、この目がまだ見えるうちにわたしは死ななければならなかった。

今のうちに覚悟しておくべきだろう。

東江くんとお別れする準備を。

それを東江くんに伝えなくてはならないことを。

7　東江夏輪

佐生に絵を教えてもらうようになってから、一週間が経った。

佐生には嘘を教わった。

もちろん絵の話だ。写実、解剖学といった普遍的な技巧から、実物を見なくても想像だけで描くことができる技術。理論的にどれだけ正しくても、正しく見えない構図があるのだと知った。

誰もが目に映る通りの世界を表現できる現代で何を描くべきなのか。佐生が通っていた絵画教室で、よくそう言われていたらしい。

難しい問いだと思った。何を描くべきか正解がないのだとしたら、まっさらなキャンバスが広く感じた。

僕は佐生みたいな絵が描きたいと言った。それも本心だった。

だけど、僕が本当に描きたかったのは——

病院に着いた僕は、佐生が入院している階にたどり着くと違和感を覚えた。

慌ただしく看護師さんが廊下を行き来する。

素人目にも何かがあったのだとわかった。

血の気が引いていくのがわかる。佐生の病室に向かった。

階段を上りきると、すぐに佐生の病室のドアをノックした。

返事がない。

——佐生。

「佐生、入るよ！」

病室に入るが佐生の姿は見つけられない。

だが、ベッドで誰かが布団を被っていた。

「……佐生？」

丸くなっている布団がもぞもぞと動く。

佐生がいるのだとわかった。ひとまず僕は安心する。

「……何してるの？」

「ドアの鍵閉めて」

「え？」

「お願い」

佐生の声が震えていた。

ただ事ではないのだと察した。

「わ、わかった」

言われた通り、僕はすぐに病室のドアに鍵をかけた。

「鍵、閉めたよ」

「……ありがとう」

佐生は布団から、ゆっくりと顔を覗かせた。顔がまっ青だった。

「大丈夫？　何かあったの？」

「……隣の人が亡くなったんだって」

隣の人？　入院している患者さんのことだろうか。

「知り合いだったの？」

「……ううん。でも怖くて」

佐生の指に力がこもる。シーツが指に巻き込まれて渦をつくる。

「……東江くん、手握ってもいい？」

「えっ？」

「おねがい……少しだけでいいから」

「……わかった」

伸ばされた手を、僕は握った。

細い指先が僕の手のひらに載るように触れる。僕は気恥ずかしくなって、握った手から視線を逸らす。佐生の手は温かくて、たしかな熱が伝ってくる。

「ごめんね。東江くん」

佐生は不安そうな表情で僕を見つめた。

少しどぎまぎしてしまった自分が恥ずかしくなった。佐生は本当に怯えているのだ。

「別にいいよ。佐生がこれで少しでも安心できるなら」

僕には佐生が何に怯えているのか理解できなかった。

ここは病院だ。誰かが亡くなってしまうことは、少なからず起こりうることだと思った。だけど、佐生も入院生活で気が滅入っているのだろう。面識はなくとも同じ階で人が亡くなれば、不安になるだろう。

「……東江くんは、やっぱりやさしいね」

佐生は少し相好を崩すと、あいている手の袖で目をこすった。

「あのね、東江くん。わたしについて話してもいいかな」

「佐生について？」

「うん。話しておきたいことがあるんだ」

「話してほしい」

佐生について知りたかった。

「ほんとに……？　ほんとにいいのかな……」

自分で話したいと言ったくせに、佐生は自分で確かめるように言う。

「これからとても現実離れした話をすることになると思う。それでも、東江くんは逃げ出さないで聞いてくれる？」

佐生は、これから僕が逃げ出してしまうかもしれない話をするらしい。

いつもなら冗談だと思った。

だけど、今日は、ちょっとした冗談ではないのだろう。握った佐生の手が強ばるのを感じた。

これまでの佐生を振り返った。

絵が天才的な彼女。

入院して新学期になってから一度も学校に来ていない彼女。

絵を辞めてしまった彼女。

自殺について調べていた彼女。

「聞かせてほしい」

大丈夫だ。何を話されても僕は逃げ出さない。

「……うん。ありがとう」

深く呼吸を整えて、佐生は話し始めた。

「東江くんは、ダムナティオ・メモリアエって知ってる?」

知っている言葉だった。世界史の教科書か資料集か何かに載っていた。暗記科目は得意だ。

ダムナティオ・メモリアエ——記憶の破壊、ダムナティオ・メモリアエを受けた人物はこの世界に存在しなかったことにされる。

「うん。知ってるよ」

「わたしの目は、それなんだ。わたしは、誰かの死を見てしまうと、その誰かはこの世界から初めから存在しないことになる」

「…………」

言葉を失ってしまう。

とても冗談には聞こえなかった。

一度、心を整理する。どうしていきなり佐生がそんな非現実なことを言ったのか。

僕の目には嘘を言っているようには見えなかった。

「……この世界から存在しなくなるって、消えるってこと？」

確かめるように僕は言った。

「そう、誰もその人のことを覚えていない。わたし以外は、みんな忘れてしまうんだ」

「…………」

——本当に？　本当に言っているのか？

そんなことがこの世界で起こりうるのだろうか。だけど、ここで震えながら僕の手を握る佐生を見ると、嘘をつく理由もわからなかった。

それに引っかかるところがあった。

前に佐生が言っていた、小学生の頃、僕が描いていたという絵の話は——

「わたしは東江くんからも記憶を奪ったことがあるんだ。小学生のとき。わたしと東江くんは、同じ絵画教室に通っていて——」

僕は覚えていないが、佐生は僕の絵を見たことがあるといっていた。

佐生は直接、僕からカメラアイであることを聞いたのだと。

「そこでわたしと東江くんは出会った。先生の元で一緒に絵を描いてたんだ」

「先生？」

「うん。わたしが……消してしまった人。先生は絵画教室の先生でね。わたしと東江くんは先生の絵画教室に通っていたの。わたしが先生を消してしまったから、その過去ごとなくなってしまったんだ」

僕の知らない僕の話を、佐生は話す。

「東江くんは当時から絵が上手くて、わたしの憧れだった。目に見える世界がそのまま写し出されたような絵。わたしは東江くんみたいな絵が描きたくて、絵画教室に入ったんだよ。見学に行ったとき、東江くんの絵を見たんだ。わたしが本格的に絵を描き始めたのは東江くんがきっかけだったんだ」

「そうだったんだ」

僕の絵が佐生に影響を与えたらしい。

僕は佐生の絵を見て描き始めたから親しみを感じていた。上手く言えないが、本質的には自分と近い絵だとおもっていた。だから、そういう世界もあったのかもしれないなと思ってしまった。

「教室がなくなったことで学校でも東江くんと話さなくなった。中学は別になって……それからずっと、東江くんが絵を描くのを辞めちゃったんじゃないかって。わたしが東江くんから、絵を描く機会を奪ってしまった。……ずっとそう思ってたんだ」

その話を聞いて、後悔の念が強くなる。心の奥底にある劣等感がざわつく。

僕は小学生の頃から、佐生の絵に憧れて描き続けていたというのに、どうして、勇気を出して話しかけられなかったのだろう。一言でよかった。『絵上手いね』でも、『すげえ』でも、なんでもいい、きっかけになったはずだ。

僕は現実味のない話に信憑性を感じていた。ダムナティオ・メモリアエは本当にあるのかもしれない。

絵画教室の先生がいたとして本当に消えてしまったのなら、佐生は罪悪感で押しつぶされそうになりながら生きてきたのだろう。知り合いだったのなら僕に話しかけてもよかったと思うのだが、後ろめたさがあって僕を避けてきたのだろうか。佐生の立場からすれば距離を置いたのも自然に思えた。僕が佐生の立場でも話しかけることはできないだろう。当時の僕が佐生に話しかけられなかったのは、そういった雰囲気を察していたのではないか。

当時を思い出す。カメラアイで映像としての記憶はすぐにでも思い出せるが、内容までは覚えていなかった。違う言語の映画を見ているようだった。小学生の僕は、佐生の絵を後ろから見ていて、感銘を受ける。だが、話しかけることもなく、そのまま立ち去ってしまう。踏み出さない自分に怒りすら感じる。

もし、ダムナティオ・メモリアエが存在するなら、僕はこれまで話しかけたあと、その記憶を失っていたのか？

――いや、これは、あってほしいという願望だ。

僕がまだ小学生なら、信じられただろう。だけど、もう高校三年になってしまった。もう少しで十八歳だ。信じられるはずがなかった。これまで、佐生に話しかけることすらできなかった自分を肯定するための理由を探しているだけにすぎないのではないか。

全部、この劣等感への言い訳だ。

佐生の話に耳をかたむける。

佐生は何かに怯えている。僕がやれることは現実にそって佐生の不安を解消してあげること。もっと彼女について知らなければならなかった。

「わたしは誰かが生きてきた証を奪うだけじゃなくて、誰かのこれからも奪ってしまう。……もう、どうしていいかわからないんだ。誰かに相談もできなかった。しても無駄だと思った。わたし以外に誰も覚えていないんだ。……何も証拠がないんだよ」

「佐生……」

どう返せばいいのかわからなかった。

佐生と僕とでは決定的に違う部分があった。

佐生は僕のことをよく知っていて、僕は佐生のことを何も知らなかった。

心の中は目で見ることができない。僕のこれまでは、目に見えるものだけを信じて生きてきた。

「だから、もし知らない誰かだとしても、わたしは消してしまうのが怖い。誰かが生きてきた証を消してしまうのが怖いんだ」

僕には佐生が本当のことを言っているかどうかはわからない。

だけど、事実としてあるのは、佐生は人の死を極度に恐れているということだ。同じ病院で赤の他人が亡くなっただけでも、泣きじゃくることしかできない子供のように佐生はベッドで震えている。『もし、自分がその死を見て存在を消してしまったなら』と佐生は考えてしまう。

きっと佐生にしか、わからない孤独だろう。

世界で一人だけ取り残されてしまったような孤独。

「……なんてね。こんな話、信じられないよね」

ふいに佐生は明らかに無理をしたように笑った。

傷つけてしまったと思った。僕の態度に表れていたのだろう。待ってくれ、言い訳をする時間がほしかった。

握っていた手が離れる。

かすかなぬくもりだけが手に残った。

あんな細い指で佐生は絵を描き続けてきたんだなと、ふいに思う。

ずっと佐生は一人で、絵を描き続けてきた。

「ごめんな。佐生」

「……なんで、東江くんが謝るの？　悪いのは全部わたしだよ」

僕は首を振る。

「後悔してたんだ。ずっと佐生に話しかけなかった。デジャブっていうのかな、佐生とは一度も話したことがなかったのに他人とは思えなかった」

何を言っているのだろう僕は。

もう、そんな現実離れした話を信じる年齢じゃないだろう。

それに、そんなことを言う柄でもない。

「信じるよ」

なのに僕は、そう口走っていた。

やめろよ、と思う。自分の劣等感を佐生のせいにするなよ、と思う。

だけど、たとえそうだとしても、僕が今言った言葉は間違っていない。

僕は目の前にいる震えた彼女を救いたかった。

「……でも、わたしの話には証拠がないよ」

だから、誰も信じてくれない。佐生は、そう言う。これまでもそうだったと。

たしかに証拠がない。証拠があっても消えてしまうから、こんなにも佐生は苦しんでいる。


それでも、僕は佐生を信じたい気持ちになっていた。

何の根拠もない絵空事を。

「今度は僕から、佐生が覚えてない佐生の話をするよ」

何か佐生を元気づけることを言いたいと思った。

言いそびれたことを伝えるなら、今しかない。

「小学生の頃、佐生の絵を見たことがあるんだ」

「……本当に？　わたし覚えてないよ？」

「そのときの佐生は絵を描くのに集中していて僕に気づいていなかったから。完成するまで後ろで見てたのにな、すごい集中力だったよ。きっと佐生は、これからも絵を描き続ける。そう思わされた」

あのとき思った正直な気持ちを伝えた。

「それからずっと佐生の絵が頭から離れなくて自分でも描き始めた。ここ十数年間、佐生の絵は僕の憧れだったんだよ。僕は佐生の絵を見て、絵を描きたいと思ったんだ。佐生の絵は人を動かす力があるんだ」

その言葉が佐生にとって、何を意味するのか知りもしないで。

「だから、佐生は僕から何も奪ってないよ」

「…………………」

伝えれば、少しは喜んでもらえると勝手に思っていた。

だけど、僕の期待とは裏腹に佐生は表情を曇らせた。

「……そんな困るよ」

「どうして？」

本当に理由がわからなかった。

佐生を喜ばせる言葉を提示できた気になっていた。

「わたしはこの世界から消えていなくなるから」

「どういう意味？」

「ダムナティオ・メモリアエだよ。それでわたしは消える」

「……だから、なんで佐生が消えることになるんだ」

　思考が追いつかない。

　さっきの説明の通りなら、ダムナティオ・メモリアエは、佐生が誰かの死を見てしまうと、その誰かが初めから存在しないことになるはずだ。

　佐生自身が消える理由がわからない。

「もし、わたしが消えれば、わたしが消してしまった事実すらも消し去ることができるかもしれない。存在の消滅すらもなかったことにできるかもしれない。これまで消えてしまった命は通常の死を迎えたことになるんだよ。生きていた証が残って、元に戻るんだ」

　逃げ出したくなった。

　そういうことだったのか。

　佐生が自殺について調べていた理由がようやくわかった。

　――意識があるまま死にたい。

　ただの自殺じゃない。言葉通り、意識があるまま佐生は死にたかったのだ。

　それは思春期の女子高生が、誰かの気を引くために自殺をほのめかしているのとはわけが違った。佐生は自分の死を消すことで、ダムナティオ・メモリアエさえもなかったことにしようとしているらしかった。

「……だから、困るよ。わたしが消えて、また東江くんが絵を──」

佐生は僕から視線を外した。

本当に苦しんでいるように見えた。

想像もつかなかった。小学生の頃から僕が密かに憧れ続けていた彼女は、こんなにも重たいものを背負っていたのだ。

「……佐生がそれをやる必要があるの？」

佐生は自分の命を捨ててまで、僅かな可能性に手を伸ばそうとしていた。

それでは、あまりにも佐生が救われない気がした。

「僕は佐生の過去を知らないし覚えていない。だけど、その先生だって佐生が消えて喜ぶとは思えない」

僕はさっきから本当に何を言っているのだろう。

佐生は、この世界の理から外れたものと対峙しようとしている。

そんな誰にでも言える慰めが何の役に立つというのだろう。

「先生の意志は関係ないよ。わたしは消えてしまったものを取り戻したいんだ」

「……佐生が消えたら、僕も佐生を忘れてしまうんだろ？」

佐生はいずれ僕の目の前からいなくなってしまう。

「……そうだね」

本当に逃げ出しそうになった。

そんな顔をするくらいなら、初めから僕のことなど突き放してほしかった。さっき手なんか握らずに、振り払って相手にしないでほしかった。

＊

絵を描くこともなく面会時間が終わった。

佐生は、ずっとベッドで震えていた。ダムナティオ・メモリアエは佐生の心に深い傷を残してしまっていた。

信じられない話だが、本当にダムナティオ・メモリアエは実在するのだろう。僕の見る世界では存在しないものでも、少なくとも佐生の世界では存在してしまっている。佐生にしかわからない孤独が、佐生を苦しめている。

佐生は、自身の命を犠牲にしてまで、ダムナティオ・メモリアエと対峙しようとしている。

身勝手にも僕は止めたいと思っていた。

佐生が自殺について調べていたとき、僕は病院に向かった。佐生にいなくなってほしくない、死んでほしくなかったからだ。高校三年にもなって、初めて自分の意志で行動したような気がしていた。僕は佐生にいなくなってほしくない。話に出てきた先生のことなんてまったく覚えていないから、佐生の苦しみはわからない。死んでしまいたくなるほどつらいのかもしれない。

だけど、ダムナティオ・メモリアエが本当にあるのか僕にはわからないし、成功するかどうかもわからない。佐生が消えても、消えてしまった命は消えたままかもしれない。そんな不確かなものに、自身の命をかけるなんて馬鹿げていると思った。

……佐生は本当に消えてしまいたいのだろうか。

だったらどうして今、僕に絵を教えてくれているのだろう。佐生が存在しなくなれば、また僕の記憶は消えてしまうのに。

佐生はまだ迷っているのではないだろうか。本当は忘れてほしくなくて、方法を模索しているのではないか。

そう思うことで、止められるはずだと僕は考える。

佐生の意志を変えてみせる。僕にとっての望みは佐生が、まだその方法を見つけていないということだった。自分を消すための具体的な手順がわからないから、佐生は自殺について調べていたのだと思う。履歴の最後は、『意識があるまま死にたい』で終わっていた。まだ佐生は、その方法を見つけていない。

意識があるまま死ぬ方法、そんなものがあるのかわからない。そもそも死ねば意識も消えてしまう。仮にそんな方法があったとしても、死んでしまえばその体験を誰かから聞くこともできない、確実な方法は見つけられないだろう。

だからといって、うかうかはしていられない。佐生は本気だ。いつかは見つけてしまうかもしれない。僅かでも可能性があるなら実行するだろう。

もし、佐生が消えてしまったら僕はどうなってしまうのだろう。

佐生が消えたことなど知りもしないで、何もない人生を送り続けるのだろうか。

佐生を忘れるのが怖い。もう引き下がれないところに僕はいた。

僕はこのまま佐生を見捨てることはできない。

8　佐生梛

ある日、東江くんと先生が話しているのを見てしまった。

わたしは物陰に隠れて様子を見る。

東江くんは何かを描いていて、先生に講評してもらっているようだ。

——秘密。

あの日、わたしの質問に対して、東江くんはそう答えた。

そのときのわたしは、もしかするとその秘密を知ることができるかもしれない。悪戯心で見てやろうと思った。

——とりあえず今は描きたいものを描こうと思ってるよ。

東江くんが描こうと思っていたもの。

わたしは知ってしまった。

これが勘違いではないのだとしたら、知りたくはなかった。秘密は秘密のままでよかったのだ。

はっきりと聞こえてしまった。

『佐生を描きたいんです。僕にとって大切な人だから』

先生は困ったような、どこか微笑ましい表情をしていた。それから、描きたいなら、わたしにそのことを言うべきだと。

わたしは恥ずかしくなって、気づかれないようにその場を立ち去ってしまった。

決して嫌だったわけではない。

むしろ、うれしかった。だけど、当時はどうしていいかわからなかった。それは東江くんの、ただの思いつきで深い意味はないのかもしれないけれど、わたしはそのことが頭から離れなかった。

もし、このとき逃げ出さなかったら、何かが変わっていたのだろうか。

これは、消えてしまったわたしの初めての恋の話だ。

もう二度と取り戻せない過去の記憶だった。もう存在しない世界を嘆いていても、何も変わらない。そうはわかってはいても考えずにはいられなかった。

——ダムナティィオ・メモリアエさえなければ。

病室で、東江くんにダムナティィオ・メモリアエのことを話してしまったわたしは途方に暮れていた。

東江くんは何も言わなかったけど、戸惑っているように見えた。

気味の悪い女だと思われただろうか。

わたしにとって、この話は自白だった。東江くんと再び出会ってしまった以上、話さなければならないと思っていた。

すべてを話し終えたわたしは、一人後悔した。

「……なんてね。こんな話、信じられないよね」

わたしは何を期待していたのだろう。証拠がないのだ。そんなものはないのと同じだ。もう存在しない。証明できない。話したとしても何もできないことは自分が一番わかっているではないか。なのにどうしてわたしは、失望に似た感情を覚えているのだろう。あまりにも自分勝手だ。これまで散々苦しめられて諦めていた古傷を、自分で傷つけた。それだけならまだよかった。自分が勝手に傷ついただけだ。わたしは、東江くんまでも傷つけてしまうことになった。

「小学生の頃、佐生の絵を見たことがあるんだ」

東江くんは、わたしの絵を見て、絵を描き始めたらしかった。

「そのときの佐生は絵を描くのに集中していて僕に気づいていなかったから。完成するまで後ろで見てたのにな、すごい集中力だったよ。きっと佐生は、これからも絵を描き続ける。そう思わされた」

――違う。

きっとそのときのわたしは、ただ単純に周りが見えてなかっただけだ。必死だった。先生が生きてきた証を残すために、描き続けていただけだった。東江くんの可能性を摘んでしまった罪を償っていただけだ。

「それからずっと佐生の絵が頭から離れなくて自分でも描き始めた。ここ十数年間、佐生の絵は僕の憧れだったんだよ。僕は佐生の絵を見て、絵を描きたいと思ったんだ。佐生の絵は人を動かす力があるんだ」

――やめて。

思わず泣きだしそうになった。

「だから、佐生は僕から何も奪ってないよ」

それ以上、わたしにやさしい言葉をささやかないでほしかった。

今こうして東江くんと話しているわたしを許さないでほしかった。

先生が存在しなくても、東江くんは絵を描き続けていた。高校生になっても、東江くんはわたしの知るやさしい東江くんだった。

だけど、何もかもが変わらないはずがなかった。

わたしは消えなくてはならなかった。

もうわたしの命は長くないのだ。タイムリミットが迫ってきている。この目がまだ見えるうちに、わたしは自分の存在を消す。

失敗したと思った。

わたしは、また東江くんを傷つけてしまった。

もしかしたら信じてもらえるかもしれない。そう錯覚してしまったのは、わたしだけが東江くんをよく知っているからだろうか。東江くんなら全部受け止めてくれている気がしていた。ダムナティオ・メモリアエもわたしの病気のことも。東江くんは、一週間前、病院を抜け出したわたしも覚えていないのだ。猫の存在を消してしまったことで、あのときわたしが吐露したことなんて忘れてしまった。これまで、わたしが東江くんを見てきた時間とは違う。東江くんとはこの前話したばかりなのだ。世界はそうなってしまった。もう時間を巻き戻すことはできない。決定的な違いがわたしと東江くんの間に溝を生んでいた。きっと、ダムナティオ・メモリアエが起きてしまった時点で、信じてもらうなんて不可能だったのだ。

先に、東江くんに話すべきだったのだ。

わたしの余命はあと半年なのだと。

9　東江夏輪

昨日のことなど何事もなかったかのように、佐生は「絵を描こう」と言いだした。描かなければダメなのだと。

気にしていたのは僕だけだったのだろうか。それとも、佐生は昨日言ったことをなかったことにしたいのだろうか。

「はい、これ」

そんなことを考えつつも、僕は来る途中にアイスを買ってきた。特に佐生から何も言われていないのだが、僕も何事もなかったかのように過ごしたかった。

「ありがと」

受け取った後、早速佐生は食べようとフタを開けるが、ノックの音が邪魔をした。おそらく看護師さんだろう。

佐生は慌てて、アイスを隠した。食べていると怒られる代物らしい。

「はーい、どうぞー」

佐生の返事を聞くと、いつも見かける女性の看護師が入ってきた。軽く会釈する。

「佐生さん、検査の時間になります」

「そっか今日は検査か。東江くん途中だけど、ごめんね」

「うん」

看護師さんに連れられて佐生は病室を出て行く。途中振り返ってアイスを冷蔵庫に入れといてと耳打ちされた。僕はその様子がなんだかおかしくなって笑った。頼まれた通り、アイスを冷蔵庫に避難させた。

一人になった途端、病室が静かになった。

佐生が戻ってくるまで三十分ほどだろうか。一週間前より佐生の検査の回数が増えた気がする。

——あれ？

急に額に脂汗をかいた。気のせいだと思いたいのだが、懸念があった。佐生は自身の存在を消すと言っていた。自分がこれまでこの世界から消してしまった存在を残すために。

だけど、佐生は入院するまで普通に生きていた。学校に通い、部活で絵を描いていた。

そんな佐生が入院してから、自殺について調べ始めた理由。

自分の存在を対価に、消えてしまった世界の記録を取り戻そうとしている理由。

それが平気で行なえてしまうのは、簡単な決断ではなかったはずだ。

これまで続けてきた絵を辞めて、死に方を探す理由。それは――

佐生の病状は、僕の想像よりはるかに良くないのではないだろうか。

ふと、臓器提供の意思表示を思い出した。どうせ自分が死んでしまっているなら誰かが使えばいい、そんな軽い気持ちで同意したことを覚えている。

どうせ死ぬなら、誰かの助けに――

佐生が自分の存在を消してもいいと思っているのは、もう長くないからではないか。

まさか、そんな……佐生はまだ高校生だ。十代が病気で死ぬなんて、そんなこと滅多にないはずだ。

でも、他に理由が思いつかない。佐生なら考えそうなことだった。

突如、ノックの音が聞こえた。

返事をすると、外にいるのは佐生だとわかった。

――なんで自分の病室なのにノックするのだろう。

なぜかスライドドアを開けるのに手間取っているらしかった。僕の方からドアを開けた。

「佐生、それ」

「まだ、歩けるんだけどね。担当の先生が慣れておいた方がいいって」

佐生は車椅子に乗っていた。

「ごめんね、東江くん」

佐生は気まずそうに、表情を見せずに僕に言った。

「わたしの病気あまりよくないんだ」

車椅子に乗った佐生がそう言う。

そうか、佐生は本当に。

さっきまで不安だったのに、僕の鼓動は安定していた。

どこかで気づいていたのかもしれない。

それか、忘れていたのか。

ふいに腑に落ちたように、僕は納得する。

佐生は嘘をついていない。

「……佐生はやさしいんだな」

僕がそういうと佐生は顔を上げる。

「自分の病気がよくないから、最後にダムナティオ・メモリアエで消えた人たちを元に戻そうとしているんだ」

「…………」

佐生はそういうやつだった。なぜかそう思う。ここ数日間しか付き合いのない僕でも佐生のやさしさは知っていた。

「佐生」

「なに?」

「高校三年から美大目指すのって遅いかな」

「遅いね」

きっぱりと佐生は言う。

「でも、東江くんなら行けると思うよ」

「僕が美大に無事合格するまで、ここに来てもいいかな」

佐生が長くないことはわかった。おそらくダムナティオ・メモリアエも本当にあって、僕と佐生は過去に面識があった。

「佐生が僕に絵を教えてくれなければ、普通の大学に行っていたと思う。趣味として続けていたかもわからない。佐生が僕に絵を描く楽しさを教えてくれたんだ」

ならば僕にできることは、最後まで佐生が知っている東江夏輪を演じることだろう。ときどき昔を思い出したように、佐生が笑っているのを知っている。少しでも佐生の役に立ちたかった。

「東江くん……わたしね、直に手足が動かなくなるんだ。もう東江くんに描いて教えられないよ」

「描けなくてもいいよ。佐生が見ていてくれるなら」

「……目も見えなくなるんだ。東江くんが描いた絵も、東江くんもわたしは見ることができなくなる」

「それでもいいよ。佐生がいるだけでいいから」

さっさと言ってしまえよ、と自分でも思う。

僕は佐生の隣に居たかった。

「ありがとう。東江くんはやさしいね。わたしが病気でも変わらず接してくれる」

佐生は用意していたみたいに流暢に続ける。

「でも、わたしは東江くんの期待に最後まで応えることはできない。あと半年もしないうちに、わたしは自分で命を絶つことになる。ダムナティオ・メモリアエはわたしが死を見ないといけない。わたしはこの目が見えるうちに、自分の死に方を見つけて存在を消さなくてはならないから」

佐生が自殺する理由。

しなくてはならない理由。

「本当に……消えるつもりなのか？」

「消えるよ。それでもいいんだ。今、こうして東江くんと話せただけでもわたしは幸せだった。東江くんが最後にわたしを幸せにしてくれた」

待ってくれ。

自己完結しないでくれ。

もっと、僕に頼ってくれよ。

「佐生」

何か声をかけなくてはならないと思った。

「僕は絵を描き続けなければならないんだ」

ずっと佐生の絵を見てきた。

残すために描かれた絵。そんな絵に僕は惹かれた。

いつしか佐生みたいな絵が描きたいと思うようになっていた。

だけど、今わかった。

僕が描きたかったのは佐生みたいな絵じゃなかった。

僕が本当に描きたかったのは――

「佐生を描きたいんだ」

佐生を、佐生のいる景色を、佐生の見る景色を、僕は描きたかった。

「……わたしを？」

「佐生の姿を絵に残したいんだ」

佐生の表情に陰りが見えた。

「……もう遅いよ」

——遅い？

佐生の言っている意味がわからなかった。だけど、その顔を見て、また失敗したと思った。

「……今になって、そんなこと言わないでよ……東江くん。もう元には戻れないんだよ」

「前に佐生は言っていたじゃないか。絵を描くのは残す手段の一つだって……」

何とか取り戻そうとして、僕はしどろもどろになりながら言葉を取り繕う。

「そんなことしたって、何も残らないんだよ。わたしが消えれば、記憶も物も全部消えてしまう」

「それでも描かせてほしい。残したいんだ」

「ごめん……東江くん。……残らないよ。わたしはこの先、生きてはいけない。全部消えてしまう。東江くんはもう二回わたしを忘れてる。絵画教室だってなくなった。形に残しても消えちゃうんだ」

もう二度も忘れている。

消えてしまう。そんなことは僕にもわかっていた。

佐生はいずれ死んでしまう。いや、人なら誰でもそうだろう。それでも僕はそうしたかった。歪な形だと思われてもよかった。ただ僕は佐生がいなくなった世界で、佐生の死を弔いたかった。僕は佐生を覚えていたい。心のどこかに一生消えない傷を残して、佐生のいない世界を呪いたかった。

しかし、やがて僕は、佐生を忘れてしまうのだろう。僕にはその資格すらないらしかった。

「……今日はもう帰って」

「佐生……」

僕は何かを言おうとしたが、次の言葉が出てこなかった。僕は既に何かを取りこぼしていて、心に穴が開いたような痛みがあった。

僕はどうすればよかったのだろう。佐生の気持ちを理解したかった。だけど、選択を間違えてしまった僕には、このまま病院を出ていくしか道がなかった。

病院から出た僕は俯いて歩いていた。

明日、佐生に謝りにいこう。どう話しかければいいのかはわからない。ただ漠然とそう考えていた。

＊

——そのあとの記憶は、あまりにも鮮明に覚えている。

カメラアイなのだから当然だった。

それが僕の両目が捕らえた最後の景色になった。

道路のすぐ側に猫がいた。

何か胸騒ぎがする。

それはどれくらいの確率なのだろう。現代で交通事故なんて滅多に起こらない。完全自動運転車同士の事故なんて聞いたことがないし、人間が運転していてもセンサーが遮蔽物を感知してブレーキをかけるから大事故にはならない。

信号で多くの人が立ち止まる中、気まぐれに猫は道路に入っていった。

その瞬間に車道の信号が青に変わる。

道路の喧噪が強くなった気がした。

無数の車は猫になど気づかずに速度を緩めず直進する。あの速度ではブレーキがかかったところで無意味だ。

このままでは轢かれてしまうと思った。

普段の僕なら、きっと何も見ない振りをして通り過ぎただろう。

――なぜか僕は車道に飛び出していた。

どうしてだろう。

やけになったのだろうか。

理由を考えると佐生の顔が浮かんだ。

ああ、そうか。

佐生なら助けると思ったんだ。

どうしてか、そう思ってしまった。

自分の身を犠牲にしても、佐生は助けようとしてしまう。

それが正しいことだとは思わないけど、僕はそんな佐生が好きだった。

道路の中央、猫を抱える。

もう、すぐ側まで車が迫ってきていた。

車のセンサーが反応して僕を避けようとする。僕もとっさに身体を反らし、接触をまぬがれることに成功した。

勢いのまま、歩道まで転がり込んだ。

今のは危なかった。

本当に死ぬかと思った。

——そう、油断した瞬間だった。

運が悪かった。

後続に続く車。人が運転する車だった。

道路の猫に気づいていたらしく、避けようとしてハンドルを切っていた。

僕の退路と同じ方向に。

センサーが歩道にある鉄柱を探知して急ブレーキをかけるが間に合わない。

直撃をまぬがれたのは不幸中の幸いだろうか。鉄柱に直撃した車は、アルミホイルみたいにやわらかく衝撃を吸収し、車体が凹型にひしゃげる。

車は止まったが、衝撃を受けて車のガラスが割れて散乱した。

割れたガラスがくるくる宙を舞って、僕に向かってきていた。

コマ送りに、

僕の視界に。
そのまま、視界が真っ黒になった。
左目に一瞬痛みがあって、感覚がなくなる。
僕はそのまま後ろに倒れて頭を打った。
そこで、意識が途切れた。
ただ、これは取り返しがつかない怪我を負った。
その記憶だけは残っていた。

10　佐生栅

東江くんが病室を去ったあと、わたしは何もできずに病室の中空を見つめていた。

わたしはどうすればいいのだろう。

自身をダムナティオ・メモリアエで消してしまうと決めたとき、わたしはもう東江くんと会うことはないと思っていた。

だけど、東江くんは会いに来てくれた。

わたしのことを二度忘れてしまっても会いに来てくれたのだ。

わたしは東江くんにタブレットを渡した。東江くんは絵を続けている。わたしなりに東江くんのためになると思っての行動だった。

それでも、わたしが絵を教えることは、東江くんにとってつらいことになってしまっていたのだ。

——佐生を描きたいんだ。

さっきは、酷いことを言ってしまった。

もう、その言葉を東江くんの口から聞けるとは思ってもみなかった。

懐かしい感じがして、一瞬だけあの頃に戻ったみたいだった。

でも、もう遅すぎた。わたしはもうじき死んでしまう。今更、その言葉に応える言葉をわたしは持っていない。

——東江くんは何も悪くないのに。

謝ろう。もしまた東江くんがわたしに会いに来てくれたら謝りたい。もうその機会が訪れるかは、わからないけど。

ふいに救急車のサイレンが耳に入った。

どうしたのだろう。病院の外が騒がしい。

やけに耳障りで、わたしは居心地が悪くてベッドを出ようとするが、やっぱりやめる。

今、出ていけば、さっき出ていった東江くんと鉢合わせてしまうかもしれない。

いや、会ってもいいではないか。会えればすぐにでも謝ることができる。今すぐ追いかければ——

そう思った瞬間に胸がざわついた。

東江くんは、さっき病院を出た。

——まさか。

ベッドから這い出す。焦ったわたしは、ベッドの脇に置いていた車椅子を倒してしまう。

冷たいリノリウムの床に膝を打った。スライドドアの取っ手に掴まって身体を起こした。

そのまま裸足で病室を抜け出す。

久しぶりに走ろうと動かした足は、自分の身体じゃないみたいに思うように動かない。

ふらついてる場合じゃない。動いて——

壁の手すりを掴みながらわたしは、一階の救急科に向かった。


一階に近づくにつれて、喧噪は大きくなった。

二階から一階への踊り場から、下の階に誰かが担架で運ばれているのが見えた。

——通りかかった患者は、東江くんに見えた。

頭が真っ白になった。

そんな嘘だ……どうして、なんで。

どうしてこうなってしまったのだろう。

わたしのせいだ。

抱えきれないほどの罪悪感が胸に去来する。

何もかもやり直したかった。

わたしが、あんなことを言わなければ……東江くんを追い出さなければ……絵を教えることを引き受けなければ……同じ高校に入っていなければ……こんなことにはならなかった。

——すぐに、容体を確認したい。

少しでも早く東江くんの元へ行きたかった。

だけど、わたしの足は凍りついたように止まった。

——だめだ。

わたしは行ってはいけない。

これ以上、動くわけにはいかなかった。

東江くんは怪我していた。もし、この事故で東江くんが死んでしまったら、わたしは東江くんを消してしまうかもしれない。東江くんだけは消したくない。もし、そうなってしまえば、わたしは自分を許すことができない。

今だって危なかった。救急車で運ばれてきたからといって、生きているとは限らない。

もしものことがあったらどうするつもりだったのだ。

自分に責任を持たなければならない。

今のわたしに、東江くんに会う資格はない。
――お願い、どうか無事でいて。
これ以上、ここにいない方がいい。
震えた足で立ち上がる。
わたしは病院のベッドで震えながら、時が経つのを待つしかなかった。

＊

数十分後。
わたしは病室を訪れた看護師さんに懇願して聞いた。
東江くんは交通事故に巻き込まれたらしいが、命に別状はないらしい。
――ほっとした。
最悪の事態は避けられたと思った。
だけど、言いづらそうに看護師さんは続けた。
事故の際、車のガラスが割れて、その破片で東江くんは怪我をしてしまったらしい。

怪我をした箇所は目だった。
東江くんが失明したことを聞かされた。

転写《デカルコマニー》

ゆっくりと片目を閉じた。
一瞬、ぼんやりと視界が滲んだあと、ピントがあって一点透視になる。
デッサンのために用意した三角錐が、ここから見るとただの三角形だ。
ノートを広げて、紙に鉛筆を当てる。
それでも、僕は三角錐を描こうと思った。
「存在しないよ」と、佐生が言う。
「うん、いいんだ」僕は返事した。
僕の目には見えなくても、そこに存在している世界がある。
だけど僕は、嘘の世界でも、真実の世界でもない、僕の世界を描こうと思った。
ここから先は僕の視点でのみ描かれる。

11　東江夏輪

目覚めると視界に白い天井が映った。

片目の景色、一点透視の世界だ。

左目が見えない。正確には左目の視界がないというのが正しいだろうか。片目だけ目を深く閉じたように光を感じない。未知の恐怖を覚えて、ゆっくりと触れてみると包帯が巻かれていた。眼帯のように僕の頭ごと巻き込んで目を押さえつけている。

何が起きているのか理解できないまま、古典的な視力検査のように片目に手を当てたまま僕は固まった。

病室で漠然と時間を過ごしていると、看護師さんがやってきて状況説明を受けた。

僕は事故に巻き込まれて意識を失っていたらしい。

話を聞きながら、ぼんやりとした頭で、はっきりとした映像を思い出す。僕は猫を助けるために道路を飛び出した。轢かれることはなかったが、車が鉄柱にぶつかって――

「そうです。だいぶ意識がはっきりされているようですね」

看護師さんは安心したように頷いていた。

詳細を聞くと鉄柱に激突した車は静止した。だが車のガラスが割れて僕の左目に刺さってしまったらしい。その際、目の角膜を傷つけてしまったらしかった。

道路にいた猫はどうなったのか、と僕が聞くと、猫は僕が倒れたあとも、すぐ近くで留まっていたらしく、その後自治体に保護されたようだ。

僕はそれを聞いて安心したが、心に穴が空いたように喪失感があった。

僕は片目を失ったらしい。運ばれた後、緊急手術をしたらしいが、傷ついた角膜はどうしようもなかったそうだ。

ただ完全な失明ではないと言われた。それは励ましの言葉だったのだろう。角膜は移植は可能で手術で治るそうだ。ドナーが見つかればすぐにでも治せるそうで、仮に見つからなくても時間はかかるが僕の細胞から人工的に作ることが可能だという。長期的に考えれば僕の目はまた見えるようになるらしかった。

心の整理がつかない僕は、「そうですか」と返事した。看護師さんは気の毒そうに僕を見た後、付け足すように「頭を打ったから、念のためCTをとりますね」と言った。それから医療費は事故を起こした運転手の保険会社が払うことになって、僕が訴えるかどうかはまた後日警察が来て話すらしい。明らかに僕が悪いので、運転手も災難だなと思った。話を最後まで聞いて、看護師さんはお大事にと言い残して出ていった。

一人の時間が訪れる。現実味がない。

まだ頭がぼうっとしていた。

事故が起きてから二十時間も経っていたらしい。

片目を失った。片目がなくても、それほど生活に影響はないだろう。日常の大半を送ることができる。きっとまだ運が良かった。命を落としていたかもしれない。

だけど、僕にとって片目を失うことは致命傷だった。

人間の目は両眼ないと、立体的な視覚を得ることができない。

僕の視界は、もう立体視することができなくなっていた。

まさか自分がこうした大怪我を負うとは夢にも思わなかった。ドナーが見つからなければ、人工的に作るのに一年以上かかるだろうと言われた。今年の受験には、到底間に合わないだろう。家のことを考えると浪人もできない。受験どころか、まず日常生活を送るためのリハビリをしなくてはならない。これからのことを考えたくなかった。

片目で見る普通の世界は違って見えるだろう。家の階段の距離感から、洗面所での違和感、鏡に映る自分。眼帯をした自分を見る道行く人々、片目を失っただけで、視界だけでなく何もかも変わってしまう。

　ふと佐生が頭に浮かんだ。片目を失っただけで僕はこうなってしまったのだ。余命宣告を受けた佐生は、どんな気持ちだったのだろう。僕には想像もつかなかった。

　結局、間違っていたのは僕だったのだろう。

　佐生は僕の目よりも、はるかに重いものを背負い続けていたのだ。

　僕は手足が動かなくなるわけでも、命を失うわけでもない。

　それでも、もう絵を描く気力はどこかに失われてしまっていた。

　僕は空っぽだった。

＊

　それからどれくらい時間が経っただろう。

　病室にノックの音が聞こえた。あまりにも静かで、スライドドアを軽く叩く音は、水面を揺らす僅かな波紋みたいだった。僕は返事をするのも忘れていて、しばらく経ってから慌てて「どうぞ」と声をかけた。

　誰だろう。また看護師さんだろうか。

扉が開いて、視線が下に落ちる。

車椅子に乗った佐生がいた。

「こんにちは東江くん」

「……佐生」

どうしてここにいるのだろう。そう思った。

——いやそうか、事故に遭ったのは佐生の病院のすぐ近くだ。病棟が違うから気づかなかった。

「事故……大変だったね」

「ああ……うん」

「……ごめんね」

今にも泣き出しそうな顔で佐生は目を伏せた。これ以上見ていられないとでも言うように。

「目、怪我したんだね」

「佐生は悪くないよ。これは事故だから」

会話が続かなくなる。

何か言わなくては。

そうだ。僕は。

「僕の方こそ……この前はごめん佐生」

謝れる機会があって良かったと思った。事故に遭ってから少し考え方が変わったのかもしれない。こうしてまた佐生と会話できてうれしかった。

「片目を失って、やっと佐生の気持ちがわかったよ」

佐生が絵を辞める理由が少しだけわかった気がした。

「ごめん佐生、迷惑だったよな」

僕は佐生から、ダムナティオ・メモリアエについて話されたとき。消えてしまうなら僕に絵なんて教えないでくれと思った。

だけど、それはただの僕のわがままだった。佐生にとって僕たちは他人ではなかった。佐生にとって僕は知り合いだったから、むげに突き放すのは気が引けたのだろう。僕は佐生のやさしさに甘えていただけだった。いきなり病室に押しかけて、絵を教えてくれだなんて迷惑だっただろう。

「もう絵はいいよ。……今まで教えてくれてありがとう」

正確には、絵を教えてくれとはこれ以上言えなかった。

立体視を失うだけで、僕の心は折れてしまった。これから将来、対峙するであろう困難が見えてしまって、もう描く気力を失っていた。

傷を負ってから理解できた。所詮、僕の気持ちなんてこの程度だったのだろう。事故がなくたって、いつかは描くのを辞めていたに違いない。

「……なんで？　また一緒に描こうよ」

車椅子に乗った佐生は言う。

もう自分では歩けないくらい身体が弱っているのに。

自分が描けなくなることは一番理解しているはずだ。

いつか絵も描けなくなって、死んでしまうのに。

「……僕にはもう描けないよ」

描いて何が残るというのだろう。死んでしまえば何もかもおしまいなのだ。佐生だって遠くない未来に死んでしまう。僕に残したいものなど他になかった。佐生が消えてしまいたいのなら、僕はもうこれ以上佐生の意志を変えようとは思わない。それが僕が謝る理由だった。佐生には穏やかな最期を迎えてほしかった。

「……描けるよ。美大行くんでしょ。なら描かなきゃ」

「無理だよ。目が見えるようになるまで一年近くかかる。どう考えても間に合わないよ。この目じゃ……」

片目で絵を描くことのハンデは佐生ならわかっているだろう。

特に受験では、方法が限られる。たとえば模写が出題された場合、目の前の物をよく観察して描かなければならない。一点透視しかできない僕はそれだけで不利を被ることになる。一人だけ壊れた視界で勝負しなくてはならない。僕の記憶力を生かせば、多少はなんとかなるかもしれない。ただ、自分だけが不利だという負の感情は、作品に表れてしまうだろう。

できるか、できないかではない。もう僕の心は折れていた。

「どうして、わたしたちには目があるんだろうね」

「えっ?」

佐生は僕の右目を見つめる。

「学校で光は電磁波だって習ったとき変な感じがしたんだ。わたしはこんなにも世界を見ている気でいるのに、ただ電磁波を受け取っていただけなんだっておかしいなって」

透き通った瞳に吸い込まれそうになる。

「わたしも、じきに目が見えなくなる」

佐生は事前に決めていたみたいに僕に言った。

「だからわたしが、東江くんの目になるよ」

佐生の目。

佐生が僕の目になる。

「……どういう意味？」

意味をくみ取れず僕は聞き返す。

佐生は僕が少し慌てているのがおかしかったのか、クスッと笑って説明した。

「言葉通りだよ。わたしが東江くんのドナーになって移植する」

「な、何を言ってるんだ。佐生は生きてるじゃないか」

よく知らないがドナーは死後、遺体から提供されるものではないのか。

「もうすぐいなくなるよ」

「そういう問題じゃない！　たとえそうだとしても、佐生はまだ生きた人間なんだよ」

冗談でもいなくなるなんて言ってほしくなかった。今すぐにでも、佐生は自殺しそうな気がした。

「生きた人間だよ。でも、わたしの目はもうじき見えなくなる。なら東江くんに使ってほしい。今からならまだ間に合うよ」

「……間に合う？」

「東江くん美大受験するんでしょ？」

僕の受験のために？

そんなことのために？

「気持ちはありがたいけど、僕は佐生に死んでほしくない」

「まだ死なないよ。生きたまま東江くんに提供するの」

佐生から電子ファイルの資料が共有される。過去に行なわれた移植手術をまとめたものだった。

「角膜は臓器移植じゃなくて組織移植なんだ。生体からの提供の場合でも、提供者本人の意思表示があれば移植できる。何十年も前から法律上は可能だったんだけど、人工臓器が作れるようになってから生体移植の例も増えたみたい。あくまで人工臓器ができるまでの手段としてみたいだけどね。瀕死の患者の命をつなぐための移植」

佐生の資料には組織移植だけでなく、臓器移植の例もあった。早急に臓器提供が必要になった腎不全患者が親族から臓器を提供してもらい、その後ドナーは、人工臓器を作り元に戻した。このケースの成功例が多くみられる。

「ねっ、本当だったでしょう？」

「本気なのか？」

医療的には可能なのかもしれない。だけど、どうして僕のためにそこまでしようとしてくれるんだ。

「本気だよ。だから最後まで話を聞いてほしい」

吸い込まれそうな瞳が近くなる。

「……わかった」

ここで話も聞かずに突っぱねるわけにはいかなかった。

僕が事故に遭ってから、まだ一日も経っていない。それなのに佐生は、僕の症状を知って移植について調べてきてくれたのだ。最後まで聞かなければと思った。

「えっとその……移植するためには、もう一つ条件があって……」

意気込んでいたのに、佐生は言葉を詰まらせる。

何か迷っているように見えた。ダムナティオ・メモリアエや、自身の病気のことは話してくれたのに、まだためらうことがあるらしい。

「……条件って？」

「あのねっ！　東江くん！」

佐生の声が大きくなる。

意を決したように、佐生は言った。

「わたしと結婚して」

なにかの聞き間違いかと思った。

結婚。

僕の耳か頭がおかしくなったのではないなら、求婚されたように聞こえた。

「えっと……佐生。本気で言ってる?」

「冗談でこんなこと言わないよ」

むっと佐生は僕に顔を近づけて見てくる。

「もう……けっこう勇気出して言ったのに」

恥ずかしそうに佐生は自分の手で顔を扇ぐ。顔が火照ったらしい。

「結婚って……あの結婚だよね」

いろいろと段階を飛ばしすぎだと思った。僕は自分の頬をつねる。とても痛い。夢ではないらしい。いや、そんなはずはない。これが夢でなくてなんなのだろう。

——ああそうか、僕は事故で本当は死んでいるのだ。これは死ぬ間際の僕の妄想か、あるいは天国だろう。だから、こんな整合性のないことを佐生に言わせているのだ。

「結婚はあの結婚だよっ! 婚姻! 東江くんと親族にならないと優先提供できないんだもん。だから仕方がないじゃん」

なるほど、夢ではないようだ。本当に求婚されたらしかった。妙に現実めいた法律らしきものが出てきた。説得力がある。さっきの佐生に見せてもらった資料を思い出すと、移植手術は、親族でなら優先提供が可能らしい。角膜移植に関しては、血液型や血縁関係がなくても可能で、夫婦間でも移植手術はできるようだった。

「だからって……結婚ってもっと大事に考えるもんだろ」

プロポーズの言葉を、僕に移植手術するために使っていいのだろうか。

「大事に考えてるよ。わたしも女の子だから、結婚にはやっぱりちょっと憧れてないと言えば嘘になるし、どうせ死ぬなら経験しておきたいなと」

「それは……ずるいだろ」

「ずるいよ。東江くんに迷ってる時間はないよ。移植後、視力が安定するまで三ヶ月から六ヶ月はかかる。今年の大学受験に間に合わせるには二ヶ月後の東江くんの誕生日までには決めないとね」

僕たちは高校三年生だ。誕生日を迎えれば結婚できる年齢になる。

「なんで僕の誕生日を……」

「もちろん知ってるよ。小学生のときは一緒にお誕生日会もしたことあったんだから」

また佐生は、僕が知らない僕の記憶を話す。

「それに東江くんは東江夏輪だもんね。この名前で誕生日が夏じゃなかったら詐欺だもん」

「別に詐欺ではないと思うけど……まあ詐欺じゃなくてよかったよ」

いやそんなことは、どうでもいいのだ。

「その返事は……僕の誕生日までに返せばいいのか？」

「婚姻届が受理される日数も考えると誕生日の一週間前には決めてほしいな」

「……そんなに調べたんだ」

「わたしは真剣に東江くんと結婚しようと思っているからね」

佐生は本気で間に合わせるつもりのようだった。僕の受験のために自分の片目を生体移植するらしい。

「なんで、僕にそこまでしてくれるんだ」

「東江くんは覚えていないかも知れないけど、わたしにとって東江くんは特別な人だから」

さっきは恥ずかしがっていたくせに、今度は何気ない言葉みたいに佐生は言う。

「それに、これはわたしのためでもあるの。まだ話は続きなんだ」

一呼吸をおいて、佐生は喉を鳴らす。

「これからわたしが言うことは東江くんを傷つけてしまうかもしれない。でも、東江くんにしか頼めないことなんだ」

　そうだ。佐生の話を最後まで聞こう。

「これは希望的観測なんだけど、もしわたしの目を移植すれば、ダムナティオ・メモリアエだって移植できるかもしれない」

　――ダムナティオ・メモリアエを？

　移植したからと言って、そんなことが可能なのだろうか。僕のカメラアイなら、僕の目を移植したところで、移すことは絶対にできないだろう。記憶力は脳に宿るものだと推定できる。

　だけど、ダムナティオ・メモリアエはわからない。佐生が話す通りなら死を見ることでその存在を破壊する。その力のよりどころは不明だが、見るという行為が起因しているのだと思う。だけど、移植したところで移るものなのか？

　――いや、そもそも人知を超えたものだ。理解しようとすること自体が不可能だ。

「移植したあと東江くんには、わたしの死を見てほしいんだ。ダムナティオ・メモリアエも移植することができていればわたしは消えるはず。その目でわたしの存在を消してほしい」

　どこか言葉に罪悪感があるのか、佐生は後ろめたそうに言う。

「わたしにとって、東江くんこそがわたしが求めていた死に方だったかもしれないの」

「僕が佐生の求めていた死に方……」

それを聞いて僕は妙に納得してしまう。もし、僕がダムナティオ・メモリアエを持つことになれば、佐生がずっと探していたものを見つけたことになる。僕の存在が佐生の救いになるのなら、助けてあげたいと思った。

佐生にドナーになってもらうのは抵抗があった。現実に可能だとはいえ、生きた佐生から提供してもらうとなれば尚更だった。だけど、佐生にもメリットがあるなら僕が移植を受ける罪悪感も薄れる。

それに、この話を引き受ければ、佐生は自殺しないだろう。佐生にとって僕こそが求めていた死に方だったのなら、僕の知らないところで佐生は絶対に死なない。ダムナティオ・メモリアエが本当に存在するかどうか関係なく、佐生は穏やかな最期を迎えられるはずだ。

「わたしを助けて」

佐生が背負っている重たい荷物を僕も背負う。

ダムナティオ・メモリアエという誰にも見えない十字架を。

「……わかったよ」

僕は佐生の話を引き受けることにした。

真実が知りたかった。僕は佐生の孤独を理解したかった。

佐生が死んでしまったとき、僕は彼女の遺体を見て真実を知ることになるだろう。

「僕と結婚してください」

僕は初恋の人に、異例の形でプロポーズする。

佐生の顔をのぞき見ると、佐生は耳まで赤くなっていた。

自分から提案しておいて、恥ずかしがらないでほしかった。こっちまで顔が火照るのを感じた。

「よろしくお願いします」

僕と佐生が話すようになって、佐生にとっては十数年と数ヶ月、僕にとっては数週間。

僕たちは結婚することになった。

歪な形での婚姻だっただろう。

それでも婚姻という儀礼は、ささやかな幸福感を僕たちにもたらしてくれた。

＊

二日後、僕は退院した。

誕生日を迎えて佐生と結婚するまで眼帯生活を送ることになる。

それまでにやることがたくさんあった。

佐生のお見舞いに行くことは当然として、絵の練習、それと母さんの説得だった。

同級生から移植手術を受けることに対して、母さんは初めは反対していた。でも、説得した。結婚することを話して、佐生の身体の事情も説明した。僕は佐生を紹介するとき小学生の頃からの知り合いで、高校に入学した頃から付き合い始めたと説明した。佐生から聞いた、僕の知らない僕の記憶をまるで覚えているみたいに話した。それでも納得してもらえなかったが、最終的には僕たちにとって必要なことなのだとは理解してくれた。

僕たちは存在しない世界を見ることにした。

何かに導かれるみたいに僕たちはこうなってしまったのだ。


「まだ、眼帯に慣れない？」

「うん。人にじろじろと見られるし」

隻眼になった僕は眼帯をつけることになった。ファッションとしてつけているものではないので、人に見られても特段恥ずかしくなかった。だけど、そういった大義名分があっても、いい気はしなかった。

「いいじゃん、似合ってるよ」

からかうように佐生は言う。やっぱり少し恥ずかしかった。

早くこの眼帯を外したかったが、外すには移植手術を終えなければならない。術後もしばらくはつけることになるだろう。

正直なところ僕は自分の誕生日が近づくのを恐ろしく感じていた。手術ということもあるが佐生の目を自分の身体に入れることが信じられなかった。もし拒絶反応がおきてしまったら、佐生の想いも目的もすべて無駄になってしまう。

「こうして、東江くんがお見舞いに来てくれるのって、きっと幸運なことなんだよね」

僕が事故に遭ってから佐生は、そんなことばかり言う。

たしかに生きていて幸運だったのだろう。事故に遭ってから、ときおり思うことだった。何か少しでも歯車が狂っていれば僕は死んでいた可能性があった。

「わたしが死ぬまで死なないでね」

「多分死なないよ。事故以来、ものすごく注意するようになったから」

あと道路を通り過ぎる猫を見つけないように祈っていた。

「うん、良い心がけだね。東江くんはやさしくて死にやすいから注意しすぎるくらいがいいよ」

やさしいと死にやすいらしい。

「僕は自分のことをやさしいとは思わないけど、もうちょっと、やさしくならないようにするよ」

「それは無理だと思うな。東江くんはやさしいから、やさしさを強いられる人生なんだよ」

佐生はよくわからないことを言う。なぜか僕は少しおかしくなって笑ってしまう。

「あのときも東江くんは、わたしを助けてくれたし」

「あのとき？」

僕の過去に佐生を助けた覚えはない。またダムナティオ・メモリアエで消えてしまった記憶のことなのだろう。

「一ヶ月前の話なんだけどね。その世界はなくなってしまったんだけど、わたしは東江くんに助けられたんだ」

一ヶ月前なら僕はまだ佐生のお見舞いに行っていない。

「そういえば僕は佐生を二度忘れているんだっけ」

「そうそう、そのとき、わたし、東江くんのお家に泊まったんだよ」

僕は飲みかけていたお茶を吹き出した。

佐生が僕の家に。

「……僕が家に連れ込んだの？」

「いや、そういうのじゃなくて！」

佐生は慌てて赤面する。数週間前の僕はどんな魔法を使ったのだろう。というか、僕はそんなに女たらしだったのだろうか。

「保護してくれたって言えばいいかな。わたしね、入院してまだ間もない頃、病院を抜け出してたんだ」

「どうして？」

「小学生の頃から、考え事をするときは夜空をみるルーティンみたいなのがあるんだ。だから、悪いとは思いつつも病院を抜け出して、夜空が見たかったんだ」

余命宣告後の佐生の考え事。

自身の死に方について、佐生は病院を抜け出すくらい悩んでいた。

「病院を抜け出したわたしは、その帰り道に偶然、東江くんと会ったんだよ」

「……それで僕が家に泊めたの？」

僕は夜道で同級生と出会ったからといって、家には泊めないと思う。

特に異性は。それも佐生なら。

「ううん。それがね。わたしが倒れたんだ。ほんの数十分の外出のつもりだったんだけど、道中で捨て猫を見つけちゃってね。飼ってくれる人を探そうと思ったんだけど、猫を拾おうとしたところで体調を崩してしまいまして……」

要するに猫を助けていたら、ぶっ倒れてしまったらしい。

「なんか佐生らしいな」

「あのとき、東江くんに助けてもらわなきゃ危なかったよ」

「でもなんかタイミングが良すぎるな。僕も捨てられた猫を見つけていたのかも。拾うかどうか踏ん切りがつかないところで、佐生が現れて倒れたんじゃないかな」

だとしたら、僕は佐生にも気づいていて、倒れてから初めて声をかけたのだろう。

「うーん……どうだろう。うろ覚えだけど、倒れる直前、前方に誰かいたような、いなかったような……」

「タイミング的に多分僕だろうな。僕は猫を見捨てた。やさしい人間なんかじゃないよ」

『SAVE THE CAT』と呼ばれる法則がある。

映画の脚本において、『主人公は、猫を救うといったようなイベントをこなし、観客に好きになってもらわなければならない』というものだ。

僕は、きっと主人公にはなれない人間なのだろう。
「でも、わたしのことは助けてくれたよ。それに――」
佐生は僕の眼帯を見て、やさしく微笑んだ。
「今度は救えたんだね」
不思議な感覚だった。
猫が車に轢かれそうになったとき、僕は道路に飛び出した。
ある世界の僕は猫を見捨てて、今の僕は猫を救った。
僕は佐生との出会いを通して少しは変われたのだろうか。
もし、変われたのだとしたら、佐生のおかげだと思った。
佐生が消えてしまったとき、僕はどうなってしまうのだろう。
また、変わってしまうのだろうか。

＊

僕の誕生日というタイムリミットまで、僕はいつも通り佐生の病室に通った。
来る前に僕はコンビニでアイスを買っていく。持って行くと佐生が喜ぶからだ。佐生があまりにもありがたがるので、僕は本当に密輸しているような気分になった。

なんとなく僕は、たまにバニラアイスの容器に、チョコミントにすり替える等のイタズラを試したりしたが、佐生は引っかかってくれなかった（当然だが開けたら即バレる）。佐生は歯磨き粉だと言って僕にチョコミントを押しつけた。それは言い過ぎだと僕は少し怒った。チョコミントおいしいのにな。仕返しのつもりなのか、佐生はときどき飴をくれるのだが、ハッカ味しかくれなくなった。チョコミントの後にハッカはさすがに口がずっとすーすーした。

佐生は今日もアイスを食べる。毎日アイスやら色々と食べているから、太りそうなものだが佐生は会ったときのままだった。代謝がいいのかまったく太らない。

「な、なに？　じっと見て」

警戒するように、佐生は僕に言った。

「いや、なんでもないよ。佐生って細いんだなと思って」

佐生は一瞬、顎に手を当てて考える。

「……もしかして、最近太ったことバレてる？」

「太ったんだ」

「やっぱ今のなし！」

佐生の笑みがこぼれる。そう言いながらも彼女はアイスクリームを食べていた。酷烈な人生を送ってきた彼女は、僕の前ではそれを感じさせず、ただ目の前の小さな幸せをかみしめていた。

一応、婚姻することになっているのだが、特に何があるわけでもない今の関係を僕は気に入っていた。

でも、いつかは終わりが来るのだろう。

佐生がペンを持てなくなったのは、その翌日の事だった。

もう覚悟を決めなくてはならない。

佐生は、そう遠くない未来にこの世界を去る。

12　東江夏輪

ある日病室に行くと、佐生がにやにやしていた。

僕は何かあるのではないかと警戒する。

「東江くん、いいお知らせがあるよ」

「へえ、なんだろう」

僕は思考を巡らす。僕が何か言うより先に、佐生はうれしそうに言った。

「来週の日曜日、数時間だけど外出許可が下りたんだ」

それを聞いて、僕はそうだよなと思う。

ほんの少しだけ、何かの間違いで病気が治った、そんなあり得ない報告を期待してしまった。

「よかったね」

「うん！　せっかくだからデートしようよ」

デート。

僕と佐生は一応、婚姻関係を結ぶことになっているわけだが、一度もデートをしたことがなかった。僕だけでいえば病院でしか佐生と会話をしたことがない。

「うん。デートしよう」

「やった。それじゃあ、どっか行きたい場所ある？」

デートスポットと言えば、映画館や水族館、遊園地あたりだろうか。どこも車椅子でも行ける場所だ。

だけど、佐生とデートするなら僕は行きたい場所があった。

「行きたい場所があるんだけどいいかな？」

「どこ？」

佐生は期待したように身を乗り出す。

「えっと、絵画教室があった場所に佐生と行ってみたいんだ」

消えてしまった世界にあった教室。

ずっと気になっていた。僕と佐生が絵を教わっていた場所。

「なるほどね」

佐生は一瞬意外そうな顔をしたあと、納得したように返事した。

「うん、行こう」

「……別に何となく口にしただけだから、遊べる場所が良かったら……」

自分で言っておいてだが、デートの場所としてはどうなのだろう。絵画教室はなくなっている。建物は廃墟になっていてもおかしくない。

「いや、行こう。わたしたちは行かなきゃ駄目だよ。そんな気がする。それに、東江くんとならきっとどこでも楽しいよ」

佐生がそう言ってくれて安心する。

「住所は……というか絵画教室があった場所は覚えてる?」

「覚えてるよ。学校の帰り道にあるから行けばわかると思う。教室はテナントだったから、建物自体は多分残ってると思うんだけど……もう何年も行ってないからわかんないかな」

「建物だけあるか調べてみるよ。ビルの名前は覚えてる?」

「ええっと、たしか――」

佐生にビルの名前を教えてもらった。住所を検索すると、そのビルはまだ存在した。僕たちが通っていた学校の帰り道にあって、小学生の足でも通えそうなビルだった。

「楽しみだな。あの場所はわたしにとって思い出の場所だから」

僕も楽しみだった。失われた過去を取り戻しに行く。

＊

佐生の外出許可日。

佐生とは病院のロビーで落ち合うことになっていた。

病院の前についた僕は佐生に電話をかける。

佐生に電話をするのはこれが初めてだった。少し緊張して、会話アプリから電話をかけた。数秒のコールのあと、佐生が電話にでる。

「病院の前についたよ」

『おー東江くん。……本当に東江くん？』

佐生は何故か僕が東江くんかどうかを疑う。

「東江くんだよ」

『ほんとかなー、声だけじゃ安心できないよ。それに知ってる？　電話の声は本人の声じゃないんだよ』

「ああ、そうなんだっけ」

電話から聞こえる声は、古くからハイブリッド符号化方式と言って、マイクから拾った声を符号化し、コードブックにある何十億もの組み合わせから、似た声を選び取って作られている。

「佐生は耳がいいんだな。電話の声で違和感があるなんて普通わかんないぞ」

電話の音質はよくなっているらしく、僕にはわからなかった。

『違和感というか……何なんだろうね。もうロビーにいるから早く来てよ。本物の東江くんの声が聞きたいな』

本物の声。

ふと、僕は思ってしまった。ダムナティオ・メモリアエによって失われてしまった過去。

そこには、佐生と絵を描いていた僕がいた。

今の僕と、どちらが本物の僕なのだろうと。

「あっ本物の東江くんだ」

車椅子に乗った佐生は僕を見かけると大きく手を振る。

「さっきも本物だったよ」

「知ってるよ。行こっか」

佐生の車椅子を押して病院を抜け出す。

外に出ることが久しぶりだからか、佐生はまぶしそうに空を見上げる。

病院が用意してくれた車椅子がそのまま乗ることができる車まで、佐生を押して行く。車に乗って、十分もしないうちに昔通っていた小学校についた。

「ここで下ろしてください」

小学校の前で下ろしてもらった。ここからは佐生に案内してもらう方がいい気がした。

「小学校懐かしいね」

学校まで続く坂を見て佐生は言う。

「小さい頃はあんなに大きな坂に見えたのに、今だとそうでもないね」

「小学生の頃と比べると、僕たちも大きくなったもんね」

「東江くんは、ほんと背伸びたよね。高学年までは、わたしの方が背高かったのに」

記憶の中の佐生を思い出す。たしかに佐生の方が背が高そうだった。

「あっち、あっち」

と、佐生のナビゲートのまま僕は車椅子を押す。性格は多分、あんまり変わってないのだろうなと思う。

「この道も懐かしいな」

小学校までは歩いて通っていたから僕も見覚えがある道だった。

「あったよ」

佐生が指した先に、少し古ぼけた赤レンガのような風貌のビルがあった。見たことのあるビルだったが、今の僕は入ったことはなかった。

「結構近いんだね」

「小学生の足で通えるところだからね」

じっと建物を見据える。

「建物は、当時のまんまだよ。ちょっとボロくなってる気がするけど」

「なんか緊張するな」

扉を開けて中に潜入する。ビルを管理している会社には、事情を話して鍵を開けてもらっている。

入り口に入ると、エレベーターがすぐあった。一から三の数字が書かれたフロアマップがあった。ビルは三階建てのようだった。

「エレベーターがあって助かったね」

僕は車椅子を押していると、佐生は顔を上げてそう言う。

「昔からあったの？」

「あったけど使ってなかったかな。エレベーターが下りてくるのを待っているのがもったいなかったから階段で上がってた」

子供らしいエピソードだと思った。待っていられなくなって階段を駆け上がる姿が、容易に想像できた。

「ちなみに東江くんも階段派だったよ」

「…………」

僕はエレベーターを通り過ぎて、奥にある階段へと向かった。

「エレベーター乗らないの？」

「うん。歩くよ」

当時とは変わってしまったかもしれない。

だけど、僕は佐生の見てきた景色を見たかった。

当然だが車椅子では階段は行くことができない。いけるのかもしれないけど危ない。

「おぶるよ」

車椅子を邪魔にならない階段裏のスペースに押して、僕は膝を落とした。

佐生の手が僕の肩に触れる。

「……体重増えてるかも」

「人の背中を体重計に乗る前の顔で見ないでくれ」

「でも重いと思われたら嫌だし」

佐生はそうは言いながらも、僕に体重を預けてくれた。

一人の体重を背負って階段を上る。

佐生をおぶったのは初めてのはずなのに、なぜか懐かしい気持ちになる。

背中に佐生の身体が密着する。少しやましい気持ちになりながらも、落とさないように慎重に歩を進めた。アイボリーの壁と、透明度の高くない踊り場の窓、階段を上る。

なんとか二階まで上ったところで、大きく息が切れた。

「大丈夫？　重い？」

「……大丈夫、大丈夫、本当に軽いから」

僕は意地を張って、何とか階段を上る。

「……ちなみに絵画教室があった場所は？」

「三階だよ」

「…………………」

「やっぱりエレベーター使ったら？」

一瞬、視界に映った二階のエレベーターを見なかったことにして、三階への階段に足をかける。

明日は筋肉痛だろうな。僕は覚悟して、一段一段階段を上っていく。佐生をおぶっている以上転倒は絶対できない。ゆっくり着実に上っていった。佐生は何がおかしいのか、息切れする僕を見て笑っていた。

三階にたどり着く。「あそこだよ」と佐生が奥を指さした。突き当たりにある防火ガラスの扉が見えた。

僕は扉のノブに手をかける。

「開けるね」

「うん」

白い壁と木のタイルの床、少しほこりっぽくて、何もない大きな空間があった。美術室から机を全部取り払ってしまったような、そんな場所だった。

「…………」

背中にいる佐生は無言だった。

「何もないね」

当たり前だけれど絵画教室の痕跡は何もなかった。絵の具の跡も、匂いも。

「そんなことないよ。空間や間取りはあのときのまま」

佐生が僕の背中から手を伸ばして、まっさらな壁に触れた。

「懐かしいな。ここの下に机があってね、よくここで描いてたんだよ」

何もないスペースを佐生は見て言う。

「そっちには冷蔵庫。先生がよくアイスクリームを買ってきてくれた」

小学生の頃から佐生はアイスクリームが好きだったのだろう。

「そこは……先生の机」

消えてしまった先生がいた場所。

「本当に何も残らなかったんだね」

つぶやくように佐生は言った。悲しんでいるようには見えなくて、ただ目に映る感想を言っているようだった。

「……屋上も見よっか」

「わかった」

何もない空間に段差が延びている。また階段だった。さっき上ってきた階段よりは短いが、少しだけ急な段差に足をかける。

佐生から「がんばれー」「あとちょっとだよ」「屋上にはベンチがあるよ！　いや……今はないかも」とエールをもらって、何とか上りきった。

扉を開けて、屋上に出る。

「あっ！　東江くんベンチがあったよ！」

ベンチはビルにもともとあったものなのだろう。すっかり息の上がった僕はホッとして佐生をベンチに座らせた。佐生が隣の空間を手で軽く叩くので、そこに座った。

「この場所、お気に入りだったんだ」

見て、と佐生は空を見上げる。息切れして視線が落ちていた僕もそれに倣った。

「ここから見る空だけは変わらないね」

佐生は、見たことのある景色らしかった。

まだ星は見えない何もない空。

だけど、そこには何もかもがあるように見えた。

日が落ちかけた夜空の青と、夕焼けのオレンジの空。

「もう少し遅くなれば星が見えるんだよ」

僕の記憶の中に、この景色はない。今まで見つめたものは全部覚えている。

だけど、いつか佐生と見たのだろう。

今度は忘れないように、記憶に焼き付ける。

「わたし、泣いてる」

隣にいる佐生は泣いていた。

「また、東江くんとここに来られると思ってなかったから」

佐生が涙している姿を見て、僕も泣き出しそうになった。

僕は初めて来た場所なのに思うところがあった。何故か泣き出しそうになる。懐かしさに近い気持ちが自分の中で処理できなくて、溢れそうになる。

「なんで、東江くんも泣いてるの？」

泣き笑いながら佐生は言った。

いつの間にか僕も泣いていた。

止めようとしても止まらなかった。

どうして、自分でもこんなに泣いているのかわからない。

——ただ。

僕が覚えていなくても、それでも、佐生が正しかったのだと思わされた。

「……本当に存在したんだ」

ダムナティオ・メモリアエは本当にある。

佐生が死を見ると、その存在が消えてしまう。

ここには教室があった。

先生が僕たちに絵を教えてくれた。

佐生と僕はここで共に時間を過ごした。

その記憶は破壊されてしまった。全部、なくなってしまったけど、ここには佐生との思い出があった。

佐生が身体を冷やさないように僕は上着を肩にかけた。佐生はキョトンとしていたけど、「ありがとう」と言って、手を差し出してきた。僕は黙って手を繫いだ。

日が落ちるまで僕たちはそこにいた。その間、何も話さなかった。

「……そろそろ時間だね」

沈黙を破ったのは佐生からだった。

時間。

病院からもらった外出の時間が終わる。

「…………」

帰りたくない。僕は子どものようにそう思った。

このまま佐生を連れてどこかに逃げ出したくなった。

僕は何故逃げ出したくて、何と戦っているのだろう。それすらもわからなかった。

「……帰ろうか」

ここですべて投げ出すわけにはいかない。

もうすぐ、僕は誕生日を迎える。

佐生と僕は結婚する。それから僕は佐生から移植手術を受けて、佐生の望みを叶えなければならなかった。

僕は佐生の存在を消滅させることになる。

「東江くん、最後に写真だけ撮らない？」

「えっ？」

「東江くんと写真が撮りたいんだ」

写真をとって、思い出を形に残す。

写真を撮っても残らないことは佐生もわかっているはずだ。

「うん、撮ろうか」

佐生は僕のために提案してくれたのだと思った。

僕に存在を消さない選択肢を与えようとしているのか、それとも移植後ダムナティオ・メモリアエが起きなかったことを思ってくれているのだろう。

「じゃあこれでお願いします」

スマートフォンを手渡される。撮ってくれる人がいないので、遠く離れても操作できるように設定する。前方に置いた後、ベンチに腰掛けた。

数秒すると、写真が撮れたのがわかった。佐生が「みせて、みせて」と催促するので、スマートフォンを取りに行く。画面に映った写真を見せると「うん、なかなかだね」と佐生は頷いた。

「東江くんにも送っとくね」

「……えっ、ああ、ありがと」

佐生から送られた画像データが、僕のスマートフォンにも表示される。薄いレンズで撮った写真は、分厚いカメラで撮った写真にも引けを取らない。光の屈折が計算式によって省略されたカメラは、笑顔の佐生とぎこちない顔の僕を写していた。こんな当たり前のことですら、僕には新鮮に思えた。

「ありがとう。大切にする」

「うん。きっと。全部残るよ」

佐生は笑って僕に言った。

「……そうだね」

ベンチから佐生の体重を背負って、僕は歩き出した。

これから佐生が見るはずだった世界を僕が見なければならない。

僕と佐生の最初で最後のデートが終わった。

13　東江夏輪

佐生がこの世界からいなくなった夢を見た。

僕は学校が終わるとカップアイスを買って佐生の病院に向かう。受付で面会に来たと言うと、佐生さんなんて人は入院していませんと怪訝な顔をされる。そんなはずはない。僕は看護師さんの制止を振り切って階段を上がった。佐生の病室の前についてスライドドアをノックする。佐生の返事はない。ドアを開けようとして僕は躊躇する。違和感があった。眼帯が外れている。僕の目が二つあった。時間が巻き戻ったのだろうか。だけど、佐生はいない。左目に違和感があった。よくわからないが自分の物ではない気がした。直感的に僕はこの目は佐生のものだと思った。ならば、この目にはダムナティオ・メモリアエが秘められているかもしれない。もしこのドアの先で佐生が寿命を迎えていたら、僕は消してしまうかもしれない。いくらノックしても返事は返ってこなかった。もう躊躇している場合ではない。僕は勢いよくスライドドアを開けると、誰もいない個室が目に映った。いつの間にか受付をしていた看護師さんが近くにいて、ほら誰もいないじゃないですかとぼやくように言った。そんな。僕は言葉を失った。いや、いたんです。本当なんです。佐生椰という女の子がここに入院していたんです。看護師さんは苦笑するだけだった。あなたは疲れているんだと思います。体調が悪いなら一度、診断されることをお勧めします。それだけ言って去った。

「全部、おまえの妄想だったらよかったのにね」

誰でもない自分の声が聞こえる。

「どうして疑っているんだ？　おまえには便利な記憶能力があるのにどうして他人に佐生の存在を確かめる？　佐生の存在を誰かに確認している時点で、おまえは自分を信じられないんだ」

言っている意味が理解できなかった。

「この世界には佐生の写真一枚残らなかった。おまえが覚えていなければ、誰が彼女のことを覚えていられる？」

おまえが佐生を消したんだ。

この目がこの世界から佐生を消滅させた。

*

左目が痛い。最悪な目覚めを迎える。

遠くない未来にある現実の光景かもしれない。

もうすぐ僕の誕生日だった。

それは佐生と結婚することと、移植手術が近づいていることを意味していた。

僕が佐生の死後、その存在を消してしまうことになる。

前に外出したときに撮った、佐生との写真をみる。

佐生の存在が消えれば、僕が佐生の病室に行った世界も消滅し、このデータもすべて消えてしまうのだろう。記憶もデータも、写真といった物理的に触れられる物もすべてなかったことになる。

ふと昔、遊んでいたゲームのセーブデータが消えたことを思い出した。

僕が小学生だった当時、流行っていたよくあるロールプレイングゲームだった。モンスターを仲間にして、強くしていくといったシンプルな内容だった。

だがある日、僕の手違いでデータを消去してしまった。何度起動し直してもデータはない。今まで育ててきたモンスターたちが消えてしまい僕は唖然としていた。なんとかデータを復元できないか方法を調べた。

結局、データは復元できなかったのだが、いろいろと調べていくうちに、ゲームのセーブについての歴史を知ることになった。昔のゲームはデータを保存するような便利な機能はなくて、『復活の呪文』と呼ばれるものを使っていたらしい。何だか安直な名前だなと思う。『復活の呪文』とは簡単に言うと機械ではなく、人力のセーブだった。ひらがなで並べられた特定の文字列を入力すると続きから遊ぶことができるのだ。大昔の人は『復活の呪文』をメモで控えて、ゲームを遊んでいたらしい。

何だか不思議な感じがした。特定の文字列さえ知っていれば、実際にゲームを進行していなくても、入力することでその世界にたどり着くことができる。たとえば誰かから『復活の呪文』を教えてもらえれば、プレイしていなくても、その人がプレイした世界と同じ世界に行くことができる。ゲームの中では配列こそが世界を作っているらしかった。

そのときの僕は、ずっとそのままの仕様でよかったのになと思った。入力するのは手間だけど、僕の記憶は一度見れば消えることはない。

しかし、多くの人にとって『復活の呪文』は不便なものだった。セーブ機能は革新的な発明だったのに違いない。僕は、また初めからやり直せばいいか、と開き直って、またゲームをやり直した。

ゲームならやり直せたのだ。

どうして、今さら小学生の頃の記憶を思い出してしまったのだろう。

佐生の存在しない僕の思い出だ。僕にとっては本物の記憶で、佐生にとっては存在しない記憶。ダムナティオ・メモリアエの後も時間だけは平等に流れている。

絵画教室の先生が消えなければ、僕はそのゲームをプレイすることもなかったのだろうか。佐生と共に教室にこもって絵を描いていたのかもしれない。もう、やり直すことはできないのだけど。

最近、考えても仕方のないことばかりを考えてしまう。

今の僕は時間の流れに任せることしかできなかった。僕にできることは限られている。佐生の好きなアイスクリームを買ってお見舞いに向かう。誕生日を迎えたら移植手術を受ける。佐生の死後、その死を目に焼き付ける。

それが今の僕にできる佐生のための生き方だった。

今日も病室の窓口で受付を済ますと、病室に向かった。

もう夏が近づいてきているらしく、病院に到着する頃には汗だくになっていた。病院の中は涼しすぎて、すぐに汗が引いた。寒いくらいだった。

いつものように病室をノックすると返事がなかった。

「……佐生？」

さっきより強くノックする。返事はない。

嫌な予感がした。今朝みた夢がフラッシュバックする。

考えるより先に病室の中に入っていた。

佐生はベッドにいた。

眠っているだけかと安心しかけた。だけど、佐生は頭を押さえて苦しんでいた。

「佐生！」

顔を近づけて僕は安否を確認した。

「……東江くん？」

佐生と目が合った。髪が汗で額に張り付いている。

「人……呼んできて」

ただ事ではなさそうだった。僕は慌てて病室を抜け出した。

*

病室を出ると、すぐに見知った看護師がいて、事情を話した。

病室にすぐ医者が来て、佐生はそのまま処置を施される。僕は病室の外で待つように言われて素直に従った。

何が起こったのか理解できなかった。

——佐生が倒れた。

佐生の余命は長くないと本人が言っていた。

僕が病院に通うようになってたった二ヶ月で佐生は今、容体を崩している。

現実を突きつけられた気がした。佐生は本当に病気なのだ。佐生は冬を越えるどころか、夏を迎えられないかもしれない。人の死は予告できないものだとしても、あまりにも残酷だと思った。

ダムナティィオ・メモリアエとは違い、目に見える形で病気は佐生の身体を蝕んでいた。この前までなんともなさそうだったのに、外出したときだってあんなに楽しそうに——

——いや、外出の許可が下りたのは、もう時間がないと判断されたからだったのか？

佐生、生きてくれ。

ここで死んでしまったら、佐生の望みは叶わない。

佐生の存在をなかったことにする。そうしなければ、ダムナティィオ・メモリアエからすべてを取り戻せない。

僕が、佐生が求めていた死だったのなら、その役目を果たさせてほしい。
「…………」
だけど、もし。
……もし佐生がこのまま死んでしまったら、存在を――
僕は今、何を考えた？
存在を消さなくてもいい、僕はそう考えてしまった。
佐生の役に立ちたいのは、僕の本心のはずだ。
なのに、なんで。
自家撞着に陥っても、何もかもが無駄だった。
待つことしかできない。
病室の前に立つ僕は、あまりにも無力だった。

＊

「いやーごめんね」

一時間後、佐生はあっけらかんとしていた。

「心配かけちゃったね」

今回、倒れたのは一過性のものだったらしい。今後は新しい薬を飲むことになるが、症状を抑えることができるらしかった。

「本当に大丈夫？」

佐生から説明を受けても僕は心配だった。

「移植手術はできるよ。一週間以上先で体力がある程度戻ったら――」

「そういうことじゃないんだ」

「……東江くん」

――やっぱり手術なんてやめないか。

言いそうになった言葉を掻き消す。

佐生を消したくはなかった。馬鹿馬鹿しいと言い切ってしまうには簡単だと思った。ダムナティオ・メモリアエ、高校生同士の結婚、生体での移植手術、全部簡単に嘘にできると思った。

「本当に心配かけてごめんね東江くん。でも、本当に大丈夫だったから。わたし、まだ生きられるよ。東江くんが大学生になるまでは」

佐生、違うんだよ。

僕が絵を描き始めたのは、佐生の絵を見たからなんだ。もし、佐生が消えてしまえば僕は絵を描くことを辞めてしまう。佐生が死んだ後、何も残らないのだとしたら僕はとても怖い。だけど、やめるわけにもいかなかった。

今、僕が対峙している恐怖を佐生はずっと背負い続けている。僕は佐生が好きだ。だから、佐生を苦しみから解放してあげたかった。全部、嘘にすることはできない。事実だ。これ以上、何を求める。もういいだろ。もう十分だ。

「東江くん！」

佐生に服の袖を摑まれた。

「行かないで……置いてかないで」

佐生は震えていた。

「……佐生？　僕はここにいるよ」

「またどこかに行ってしまうかと思ったから……東江くんが左目を怪我したのは、わたしのせいだから……」

事故のことを気にしていたらしい。佐生のせいではないのに。

僕は自分のことしか考えていなかった。

「ごめん、佐生」

胸の奥が痛んだ。初めからこうなる運命だった。佐生は死んでしまう、その上で佐生はできることをやってきた。佐生は間違っていない。正しすぎるくらいだ。自分の存在を消すことで、自分だけがいない元の世界を取り戻そうとしているのだから。

だけど、佐生がいない世界は、僕にとって――

「……もう少し一緒にがんばろう」

震えながら言葉を紡いだ。

佐生が消えてしまっても、僕は生きていかなければならない。

それだけは変えることができない。

ただ、何か一つでもいい。僕はこの決断を肯定できる何かを見つけなければならなかった。

＊

自宅に帰ると、幼稚園から中学生までの卒業アルバムをあさった。

佐生のいないこれまでの人生を思い返そうとしていた。今まで見た景色は頭の中にあるが、別の視点が僕には必要だった。これまで卒業アルバムなんて数ページしか見ていない。第三者のカメラマンが撮った写真なら僕の知らない景色もあるはずだ。そこに何かがあるかもしれない。

しかし、捲っても捲っても何も思うところはなかった。僕にとって写真は紙切れだった。僕が見て覚えているつまらない事実。大昔、歴史上で起きた出来事みたいに淡々として無関心な過去だった。

少なくとも、佐生と共に過ごす時間を楽しい思い出とするなら、僕に楽しい思い出はなかった。

「……散らかして何してんの」

通りかかった母さんが苦言を呈する。気づけば居間は散らかっていた。僕はかさばったアルバムをクローゼットにしまい直した。

「なあ、お母さん」

「なに？」

「おじいちゃんって、何してた人だっけ？」

僕が物事つく前に亡くなった祖父の話を聞く。

「んー、たしか何かの職人やってたとかいっとったね」

うろ覚えらしく、母さんは曖昧に答える。

「ひいじいちゃんは？」

「知らん。あたしが生まれた頃にはもう亡くなっとったよ」

「そっか」

そうだよな。

そういうものなんだ。

「なんで？　先祖に絵描きでもおるかと思った？」

最近、僕が美大を目指していることを知ってから、母さんはこのように雑ないじりをしてくる。

「……何でもないよ。少し気になっただけ」

ただ、当たり前を確認しただけだった。

数十年すれば人は忘れられてしまうらしい。

たとえ、ダムナティオ・メモリアエがなくても。

「先祖がゴッホならお金持ちやったかもね」

ゴッホは独身だ。それに自殺してるし。

僕はゴッホが色覚異常だったのではないかという話を思い出した。あの濃淡がある色づかいは、見えていないからこそ描けたのではないのかと言われているらしい。実際に色覚異常の視界を再現して、ゴッホの絵を見ると違う絵のような印象を受けたことを覚えている。

もし本当にゴッホが色覚異常なのだとしたら、なんとも皮肉な話だと思った。

正常か、異常か、何が正解なのだろう。

*

自室に上がった僕はベッドに倒れ込む。

「何のために生きてるんだろうな」

一人、つぶやいた。

佐生と出会う前の僕は何をモチベーションに生きていたのだろう。これから先、佐生がいなくなる世界なら、なおさら無意味だと思った。しかも、覚えてるかわからないなんて、まったく酷い世界だと思った。

——意識があるまま死にたいか。

僕はふと思いつく。もし意識があるまま死ぬ方法があるのだとしたら。移植手術のあと、僕自身を消してしまうことはできないだろうか。事故に遭う直前、病室で佐生に帰ってと言われたとき、僕は佐生と出会わなければよかったと思った。

ダムナティオ・メモリアエは本当に存在する。佐生が消えてしまうくらいなら、僕が消えてしまえばいい。

もし僕の存在が消えれば佐生は――

駄目だ。ただの逃げでしかない。何も解決しない。考え方がどんどんナーバスになっていくのを感じる。さっきから思考がまとまらない。佐生がいなくなった世界で、これから先、生きていく自信がない。僕が消えたとして佐生がそのことに気づけないとしても、形としては佐生に自身が背負う重荷を押しつけるだけだ。

そんな形で僕は死ねない。

描こうと思った。手を動かそう。

春まで佐生が生きることができたら、一緒に喜べるように。

手に覚えさせるんだ。消えてしまっても絵を描き続けられるように。

僕はキャンバスに手を延ばす。

――佐生もこんな気持ちだったのかな。

佐生は絵を描き続けなければならないと言っていた。今ならその言葉の意味がわかる。

佐生はきっと絵画教室の先生から、教わった技術を残そうとしていたんだ。

でも、先生は消えてしまった。

絵画教室もただのテナントになっていた。佐生は『ここから見る空だけは変わらないね』と言った。それは他は変わってしまったのだと、そう僕には聞こえた。

何も残らなかった。

——何のために生きてるんだろうな。

さっきまでの漠然とした疑問が、僕自身に降りかかってきたような気がした。

どうすればいいのだろう。

こうしているうちにも時間は刻々と過ぎていく。移植手術までの時間も、佐生の寿命も遠くないタイムリミットがある。

どうすれば佐生が生きていた証は残る？

いやそもそも、この疑問に答えはあるのか？　消えてしまうものを消えないようにする。この前提が不可能ではないか？　佐生が消えないように僕が何かを用意したのだとしても、その用意さえも消し去ってしまうのだから、何もかも無駄ではないか。僕は意味のない堂々巡りの問題を抱えて、このままタイムリミットを迎えてしまうのではないか。

駄目だ。

ごめん佐生、僕に君を救うことはできない。

佐生からダムナティオ・メモリアエを受け取ることになる。

僕は佐生を本当に消すことができるのだろうか。

いざそうなったとき、佐生の死を見る決心がつくのか。

今度こそ僕は逃げ出してしまうかもしれない。佐生がこの世界からいなくなることが怖くて逃げ出したかった。本来、決定権は佐生にあるべきなのに僕が持ってしまっている。

僕が決断を間違えば佐生の足かせになってしまうかもしれない。それがたまらなく嫌だった。

だからといって、僕がそれを許してしまったら佐生はこの世界から消えてしまう。誰も佐生棚がこの世界にいたことも知らないで日常を送るだろう。

そんな世界は許せなかった。

だって、これからだったじゃないか。才能に溢れていた彼女は病気に殺されて、最後には存在まで消えてしまう。そんなのあんまりだろ。

だから、せめて。

せめてでも彼女が生きていた証を残したい。

僕のわがままは許されないことだろうか。

14　東江夏輪

僕の誕生日が、あと一週間に迫っていた。

緊張した面持ちで僕は病室に向かった。

買ってきたアイスクリームも今日は少しだけ高価な物だった。

「僕の誕生日が近くなっています」

「はい」

僕と佐生は何故か堅くなりながら受け答えしてしまう。

「来週の頭に僕は誕生日を迎えると、僕たちは婚姻ができる年齢になります」

「そうですね」

「夫婦になるからには、これまで以上に腹を割って話す必要性があると感じます」

「ではまず、これまでわたしの話ばっかり話していたので、東江くんの方からも何か相談があるなら聞きたいです」

何となく僕の意図を察したのか、少しはにかんで、佐生は話しやすい雰囲気を作ってくれる。

呼吸を整えて僕は言う。

「移植手術で、僕は佐生からダムナティオ・メモリアエをも移植することになる。それから佐生の死後、その存在を消すことになる」

「……うん」

それが佐生から提示された条件だった。

「佐生が消えてしまったあと、僕は佐生を覚えていられるのかな」

佐生が消えてしまった世界で、僕は記憶を保っていられるのだろうか。曖昧になっているところから埋めようと思った。

ダムナティオ・メモリアエと対峙するには、これまで経験してきた佐生に聞くのが一番手っ取り早いと思ったのだ。

「おそらく覚えていられるはずだよ。……わたしが先生を覚えているようにね」

その答えを聞いて僕は安心する。

佐生は消えてしまった人たちを覚えている。移植することで僕が佐生と同じ立場になれたのなら僕は佐生を覚えていられるはずだ。もしかしたら不可能かもしれないが、これ以上は考えても無駄だ。

きっと、僕だけは佐生を覚えていられる。

「僕は佐生の願いを叶えたい。だけど、佐生が生きてきた証を残したいんだ」

覚えているだけでは駄目だった。佐生がこれまで苦しんできたように、残すことが僕たちにとって重大なことで救いだった。

僕たちは、ずっと捜し物をしていた。あるはずの物がない。物なら大概の場合替えがきくかもしれない。

だけど、代わりはいない。

消えてしまった世界で、その存在を残す方法は、僕にとってどうしても必要だった。

「なら、わたしを描いてよ」

「えっ？」

「前に東江くん言ったよね。わたしを描きたいって、わたしでよければぜひ描いてほしいな。きっと、東江くんなら残せるよ」

「……残らないよ」

それでは無理だと思った。描いたところで残るわけがない。

僕は佐生の死後、その存在を消すことなくこの世界を生きるか、佐生が消えてしまった世界で生きなければならない。

この二者択一は覆らない。

どちらかを選択するしか道は残されていない。

ダムナティオ・メモリアエ後に何も存在が残らないことは、佐生がよく知っているはずだ。

「残るよ。東江くんならきっと残せる」

「……無理だよ」

佐生は先生が消えてから、今まで絵を描き続けた。

でも、それでは残らなかった。

そうするしか方法がなかったから続けていただけ。

だからこそ、佐生は自身の存在を消してまで取り戻そうとしている。

「……僕に佐生が生きてた証を残せない」

「東江くんならできるよ。わたしにはできなかったことが東江くんならできる」

何故か確信を持って佐生は言っている気がした。

「その目は残すためのものだから」

「僕の目？」

残された僕の目。

カメラアイ。

「どういう意味？」

「東江くん、明日学校の美術室に行ってみてほしいな」

「美術室？」

「うん。美術室にあるわたしの私物を受け取ってきてほしいんだ。顧問の先生にはもう話してあるから」

「……別にいいけど、それで――」

それで、何かが変わるとは思えなかった。

「東江くんに取りに行ってほしいんだ」

僕が言い切る前に、そうお願いされる。

「……わかったよ」

「ありがとう。またね」

「…………」

「おやすみ東江くん」

「おやすみ」

僕は病室を出る。

*

翌日、学校は休みだったが登校した。

休日の早朝、学校は静かだった。誰もいない運動場を見ていると世界中で一人きりになったような感覚に陥る。誰もいない廊下を歩いて職員室をノックすると、そこでやっと誰かがいることに気づく。先生と話しても僕は最低限の受け答えをするだけで、やっぱり一人きりなのだと思う。くたびれた札のついた鍵を受け取って、誰もいない美術室へと向かった。

初めて入る美術室は懐かしい匂いがした。絵の具の匂い。授業では立ち入ることはない教室。僕たちのカリキュラムでは美術ではなく情報の授業になった。おそらく現場では何の役にも立たないようなプログラミングとひきかえに、僕たちは芸術を知るきっかけをなくしていた。

奥へと進む。倉庫のような小さい部屋だった。壁にもたれるように膝より高いキャンバスがたくさん並んでいる。

並んだ絵の中から佐生の絵を見つける。すぐにわかった。それも一枚や二枚ではない。油画からデッサンまで、佐生が積み上げてきた努力が形としてそこにあった。

——だけど、すぐに違和感を覚えた。

これは本当に佐生の絵なのだろうか。

だとしたら残酷だと思った。

構図や描いている物は違うが比べてみるとすぐにわかる。

僕が比べたのは佐生が病室で描いていた絵だった。

今、目の前にある佐生の絵はあまりにも上手すぎた。病室で描いていたデッサンとは比べものにならない。病室では描くための道具が少ないとか、そういうレベルではないくらいに。

病室で描いていた絵も十分に上手いと思っていた。だけど、本来の佐生のレベルではなかったのだ。

病気は着実に彼女の身体を蝕んでいた。

手が震えた。

こんなにも素晴らしい絵が消えてしまう。

全部なかったことになる。

佐生が消えれば、すべてなくなってしまう。

とても恐ろしく感じた。ダムナティオ・メモリアエと対峙するとはこういうことなのだ。佐生は、この恐怖と十八年間対峙してきた。

改めて見る佐生の絵はきれいだった。淀みがなくて作り物であることを忘れそうになる。それが素晴らしい物であるほど、僕の心を黒く染めていく。持ち運ぶための手提げにキャンバスを入れると石版でも入れてるみたいに重たくなった。

僕はこの人を失おうとしているのだ。この人が積み上げてきたものすべてを。それが今後の人生でどれだけ僕の心に重くのしかかってしまうのか、とても怖かった。

それでも、僕は一つ一つ丁寧に佐生の作品を見た後、大事にしまっていった。ここで見ておかなければ二度と巡り会えない気がしていた。

手が止まった。正方形のアルバムのようなものを見つけた。開いてみると写真や雑誌の切り抜きがまとめられている。スクラップブックというやつだろうか。

とある一ページの切り抜きが目に留まった。

たくさんの画像の集合体。よく見ると複数の写真がパズルのピースみたいに並んで一枚の写真を作っている。ドット絵のようだが、モザイクアートと呼ばれるものらしかった。

近くで見ると別の写真なのだが、遠くで見ると別の写真を表すためのドットにしか見えない。

写真、ドット、集合体。

――デジタルアート。

僕は病室で描いたデジタル絵をスマートフォンで表示した。思えば写真もドットに色味がついた画素の集合体で構成されている。たくさんの組み合わせで作られている。スマートフォンをスクロールすると佐生と撮った写真が表示された。

――これも同じだ。

笑顔の佐生とぎこちない顔の僕を写している。薄いレンズで撮った写真は屈折が計算式によって省略されているにもかかわらず、高画質で空間を写し取っている。

ここには僕たちがいた。

――電話の声は本人の声じゃないんだよ。

何十億もの組み合わせから、似た声を選び取って作られている。

偽物が本物に変わる瞬間。

ただの組み合わせが存在に変わる瞬間。

佐生と描いた絵が、どの画面でも、どの端末でも、同じ絵を再現できる。

――そうか。

佐生が生きた証を残せるかもしれない。
きっと無駄ではなかったのだ。今まで絵を描かなかった僕も、全部。
写真は紙切れではなく、文字だった。
特定の文字列が世界に記録を残している。
ゲームじゃなくても、他の何かならセーブすることができるかもしれない。

15　東江夏輪

一週間後、僕は誕生日を迎えた。

その日、佐生と、ささやかな結婚式を挙げた。

指輪も用意した。高校生が買えるような安物だったけれど、佐生はよろこんでくれた。

佐生が指を僕に差し出す。僕は手を取ると、顔が赤面しているのを自分で感じながら指輪をはめた。佐生も耳まで赤くなっていた。これで夫婦というのだからおかしいと思った。幸せすぎるほどに。

婚姻届が受理されたあと、僕たちは移植手術を行なう。僕も移植を受けるために、入院することになった。佐生と同じ病室に入院する。

「なんか修学旅行みたいだね」

手術が近づいているのに、佐生はどこか楽しそうだった。男女が同室の修学旅行は大問題だと思う。

「なんか不思議だね。今、わたしの目が、数時間後には東江くんの目になってる」

佐生は目の前に手のひらをかざす。

「わたしたち、色んな人に迷惑かけちゃったかな」

移植手術にあたって、佐生の主治医は好意的じゃなかった。少し前に佐生の容体が悪化したこともあって、当然の判断だと思った。たとえ安全な手術だとしても精神的な疲労がある。

「……本当にこれでいいのかな？」

佐生が傷ついている理由はわかった。周りのことを気にしている。

「わからないよ。でも、全部は取れないよ」

佐生の孤独は、佐生にしかわからない。

周りの人間が佐生の決断に口を挟むなんてできないと思った。佐生がどれだけ寂しくて、どれだけつらかったのか、ダムナティオ・メモリアエを経験した人間にしかわからないだろう。

手術にあたって未成年である僕たちは保護者の同意が必要だった。僕の親には前に説得したこともあって了承をもらえた。僕が問題だと思っていたのは佐生の両親だった。お見舞いに来たとき、ときどき顔を合わせることはあったが、挨拶程度しか話したことはなかった。

ある日、佐生の父親は娘のことで話がしたいと言って、病院近くの喫茶店で話すことになった。

『君といると梛は楽しそうでね。小学生以来だったよ。娘が笑ってる姿を見るのは』

席に着くと佐生の父親はそう切り出した。

『梛は昔から手のかからない子だった。高校も、担任教師と相談して推薦をもってきてね。立派な子だよ。いつもわたしたちに心配をかけまいとしていた』

佐生は少しやさしすぎるところがありますよね。と、僕が言うと、『そうだね』と佐生の父親はやさしくうなずいた。

『信じられないかもしれないけど、昔はやんちゃだったんだよ。明るくて活発的でよく男の子と間違えられた。あの頃はよく笑う子だった』

ずっと絵だけを描いてきた佐生を思えば、少し意外だった。

『だけど、あの子はある日突然、笑わなくなったんだ』

僕は気づく。ある日、ダムナティオ・メモリアエが起きてしまった。

『お絵描き教室の先生がいなくなったと梛は言った。しかし、この地域に、お絵描き教室なんてなかったし、わたしたちの世代と違って学校でも滅多に教えなくなった。初めは休み時間に友達と遊んだ話でもしているのだと思っていた。だが、梛は泣きそうで怖がっていた。すぐに何かあったのだと思った。梛の担任の教師に連絡した。学校で何かあったのかと。担任の教師は誠実に対応してくれたが、何もわからなかった』

　とても不幸な出来事だ。佐生の両親は気づいていた。ダムナティオ・メモリアエ後の改変を受けて、両親の目からは突然、性格が変わってしまったように映ってしまった。

『わたしたちは、梛を精神科に連れて行った。ここ数十年で医療は進歩したけれど、心の傷はまだどうしようもないらしい。経過を見守ることになった。数日経つと梛は落ち着いた。何事もなかったかのように何も言わなくなった。だけど、そのときに思った。違う。梛は治ってなどいない。そもそもおかしくなったわけでもなかった。きっと事実を話したんだ。あの日、あの子の中で何かが起こったんだ。わたしたちには決して理解できない何かが。それから梛は笑わなくなった。治ったのではなく、あの子は諦観していたんだ。わたしたちに』

　そんなことはないと思います。と僕は言いかけて口を閉ざした。もっと慎重に言葉を選ばなければならない気がした。

『わからないんだ。ずっとあの子に何かできないかずっと機会を窺っていた。わたしたちに何かできることはないだろうか。ずっと……ずっと……ずっと……』

佐生の父親は、目元を手で覆った。

『そして、梛が入院することになった。余命について医師から説明を受けた。理解させられたよ。わたしたちは何もできなかった。もう取り返しがつかないいんだって。本当にいい子なんだよ。本当に……なんで梛なんだ……あんなにいい子が、なんで……』

涙を流す姿は、許しを請うようにも見えた。佐生も、目に見えない何かにずっと苦しめられてきた。

『手術のことは梛から聞いたよ』

佐生の親御さんは移植手術を許してくれた。

そして、喫茶店を出るとき、ずっと黙っていた佐生の母親が『娘をよろしくお願いします』と僕に言った。僕よりずっと佐生を見てきた人たち。佐生の両親は気づいていた。自分の娘が理解を超えたものとずっと対峙していたことを。

この人たちのためにも、佐生の願いを叶えなければならないと思った。

佐生は病院のベッドの上で膝を抱く。

「それに、これしか方法がないいんだもんね」

ダムナティオ・メモリアエを移植する。

「佐生はそうしたいんでしょ？」

これでしか消えたものを取り戻す方法はない。

「そうだね。――ごめん。ありがとう、がんばろう」

また別の選択肢もあったのかもしれない。だけど、僕らはダムナティオ・メモリアエに対峙する選択をした。僕たちには、この時間しか残されていなかった。

「じゃあ、東江くん。また後で」

「うん」

手術室に入ると、すぐ隣にいる佐生が手を差し出してきた。人前で恥ずかしい気持ちもあったけれど、佐生の時間を考えるとこの時間でさえおしかった。僕は手を握り返した。僕たちはもう夫婦なのだから。


体感としては手術は一瞬で終わった。一時間程度で終わったらしい。局所麻酔を打って頭の辺りをいじられていたら、いつの間にか終わっていたという感じだ。意識が落ちることもなく、佐生の手を握っている感覚もずっとあった。

手術は無事成功した。術後の拒絶反応も今のところはなく、佐生の目は僕の目になった。

手術前に入れられていた病室に、僕たちのベッドが並ぶ。

「眼帯お揃いだね」

隣にいる佐生は、何故かうれしそうに言う。

「……お揃いってだけでもあれなのに、眼帯って……。どうせなら、外出したとき何か買えばよかったかな」

「眼帯だと売れないバンドマンのバカップルみたいだもんね」

「……やな、たとえだな」

やっぱり眼帯を早く外したかった。

＊

一週間後、僕は退院した。病院には週に何回か通院することになる。

佐生から託された目はまだハッキリとは見えないが、光を感じられるようにはなった。

病室を訪れると、佐生はよく眠るようになっていた。僕は起こさないように、そっと椅子に座るのだけど、佐生はゆっくりと起き上がる。「東江くん、おはよう」、もう夕方だった。買ってきたアイスクリームもその場では食べないので冷蔵庫にしまった。

体調が悪いのかと心配した。

「なんか移植できたと思うと安心しちゃってさ」

佐生は、自分の役目を終えたみたいに笑った。

もう、本当に時間がないのだろう。

二ヶ月後、佐生から移植された目は急速に視力を取り戻していた。

「きっと、上手くいくよ」

眼帯を外した僕を見て佐生は言う。

この目にダムナティオ・メモリアエを移植できているかはわからない。

だけど、佐生が言うように、きっと上手くいくと思うしかなかった。

「こうなる運命だったんだよ。わたしたちは」

佐生は自分の眼帯にそっと手を当てた。

「ありがとう東江くん、わたしを救ってくれて」

「急にどうしたんだよ」

「日頃から思っている感謝を伝えただけだよ。東江くんがいてくれて本当によかったなって」

僕が佐生の死をみれば、佐生はこの世界から存在しなくなる。

僕も佐生のことを忘れてしまうかもしれない。

佐生が消えてしまえば、僕はまた一人になってしまうかもしれない。

白紙の人生に戻ってもいい。

「僕もだよ、佐生」

佐生は存在している。僕はダムナティィオ・メモリアエから佐生を救う。

それから僕は、僕自身の救いのために、佐生が生きていた証を残す。

＊

ラテン語が学名に使われているのは、もう死んでしまった言語だかららしい。

時代によって言葉の意味が変わってしまうことがある。だが、使われない言葉は意味が変わることがない。死が時間を切り取ったからこそ、ラテン語は学名として存在することができた。

死んでもなくならないものがある。

たとえそれが、理不尽な死に切り取られたものだとしても。

佐生の特異体質は完全なダムナティオ・メモリアエではない。佐生はいなくなった人たちを覚えていて、この世界にいる。

　自宅に帰った僕は、スマホに入った佐生の写真をパソコンにコピーした。デスクトップを使うなんていつ以来だろう。学校の授業も少しは役に立ちそうだった。

　記号とは言葉だ。世界が佐生を消すのなら僕が世界を記述する。今ここに存在する写真を、佐生のいなくなった世界に持って行けるように言語化する。

　再構築後の世界では、僕以外は佐生のことを覚えていない。だが逆に考えれば、僕は覚えていることができる。ダムナティオ・メモリアエは僕の記憶領域には及ばない。つまり、写真を僕の頭の中に入れることさえできれば、向こうの世界に写真を持って行くことができる。

　写真を記憶する方法がある。写真データ……バイナリデータを構成する文字列を記憶すればよかったのだ。バイナリデータとは、コンピュータが認識できる文字列のことだ。もっと簡単に言うなら、外国語みたいなものだ。僕たち日本人が日本語を読めるように、コンピュータはコンピュータ語が読める。画像や動画もバイナリデータで、どのコンピュータもこれが読めるから、どの端末でも画像や動画を再現できる。僕たちはコンピュータが翻訳した画像や動画を見ているのだ。画像や動画だってコンピュータは言語として捉えている。言語は文字でテキスト化できる。文字なら意味が理解できなくても記憶することはできる。僕が今からやることは、例えば『hallo world』をハローワールドと覚えるのではなく、エイチ、エー、エル、エル、オー、ダブリュー、オー、アール、エル、ディーと覚えるのだ。英語がわからない人間がアルファベットの文字の羅列として覚えても、英語を読める人間に伝えれば意味がわかる。僕がバイナリデータである十六進法を覚えてコンピュータに伝える。

ただ、これには大きな問題があった。バイナリデータは人間では到底覚えられないくらい膨大な文字数だ。画像だと色の混ぜ方と光の量、それをタイルみたいに敷き詰めたものを十六進法に翻訳しているから、その数はとてつもないものになる。

文字化けしないように、テキスト化できるソフトをインストールする。ソフトに写真を通して、十六進法に翻訳した。三次元だった空間が写真になって二次元へ。バイナリデータ化して写真から文字へ。二次元から一次元になった。ソフトで文字数をカウントすると、十六進法で表された半角英数字が約数十万文字並んでいた。とても普通の人間が覚えられる文字数ではない。

僕に佐生を救う《SAVE》ことはできないかもしれない。

それでも、佐生の生きていた証を残す《SAVE》ことなら——

画面をスクロールして、膨大な英数字を記憶に焼き付ける。

81 75 82 B1 82 F1 82 C9 82 BF 82 CD 81 76 0D 0A 81 75 82 B1 82 F1 82 C8 8F 8A 82 C5 90
6C 82 C9 89 EF 82 A4 82 C8 82 F1 82 C4 8E 76 82 ED 82 C8 82 A9 82 C1 82 BD 82 C8 81 76
0D 0A 81 75 82 A0 82 C8 82 BD 82 CD 82 C7 82 B1 82 A9 82 E7 82 E2 82 C1 82 C4 97 88 82
BD 82 CC 82 A9 82 C8 81 48 81 40 82 C8 82 F1 82 C6 82 C8 82 AD 82 BE 82 AF 82 C7 81 41
82 C6 82 C1 82 C4 82 E0 89 93 82 A2 8F 8A 82 CC 82 E6 82 A4 82 C8 8B 43 82 AA 82 B7 82
E9 81 42 82 E0 82 B5 82 A9 82 B5 82 BD 82 E7 81 41 82 B1 82 B1 82 C6 82 CD 82 DC 82 C1
82 BD 82 AD 8A D6 8C 57 82 CC 82 C8 82 A2 82 C6 82 B1 82 EB 82 A9 82 E7 82 B1 82 B1 82
C9 82 BD 82 C7 82 E8 92 85 82 A2 82 BD 82 CC 82 A9 82 E0 81 76 0D 0A 81 75 93 CB 91 52
82 BE 82 AF 82 C7 82 ED 82 BD 82 B5 82 CB 81 41 95 A8 90 53 82 C2 82 A2 82 BD 82 C6 82
AB 82 CC 8B 4C 89 AF 82 F0 8A 6F 82 A6 82 C4 82 A2 82 E9 82 F1 82 BE 81 76 0D 0A 81 75
95 A8 90 53 82 C2 82 A2 82 BD 82 ED 82 BD 82 B5 82 CD 81 77 82 ED 82 BD 82 B5 82 C8 82
F1 82 C4 90 B6 82 DC 82 EA 82 C8 82 AF 82 EA 82 CE 82 E6 82 A9 82 C1 82 BD 81 78 82 C1
82 C4 8E 76 82 C1 82 BD 82 F1 82 BE 81 76 0D 0A 81 75 95 7C 82 AD 82 C8 82 C1 82 C4 89
94 95 4D 82 C5 8E A9 95 AA 82 CC 8E E8 82 F0 8E 68 82 B5 82 BD 81 42 82 BB 82 EA 82 C5
82 B7 82 D7 82 C4 8F 49 82 ED 82 C1 82 C4 82 AD 82 EA 82 E9 82 C6 8E 76 82 C1 82 BD 82
F1 82 BE 81 76 0D 0A 81 75 82 C5 82 E0 81 41 92 C9 82 AD 82 C4 82 B7 82 AE 82 C9 8E E8

82 F0 88 F8 82 C1 8D 9E 82 DF 82 BD 81 42 96 B2 82 DD 82 BD 82 A2 82 C8 98 62 82 BE 82
AF 82 C7 81 41 8D A1 82 C5 82 E0 8E E8 82 C9 89 94 95 4D 82 CC 90 63 82 AA 8E 63 82 C1
82 C4 82 E9 82 F1 82 BE 81 42 82 ED 82 BD 82 B5 82 CC 90 67 91 CC 82 C9 8F 9D 82 C6 82
B5 82 C4 82 CB 81 76 0D 0A 81 75 8F 9D 82 F0 8C A9 82 E9 82 C6 8E 9E 81 58 8E 76 82 A4
82 F1 82 BE 81 42 82 C7 82 A4 82 B5 82 C4 82 ED 82 BD 82 B5 82 CD 82 B1 82 CC 90 A2 8A
45 82 C9 91 B6 8D DD 82 B5 82 C4 82 A2 82 E9 82 CC 82 A9 82 C1 82 C4 82 CB 81 76 0D 0A
81 75 82 BE 82 AF 82 C7 81 41 8D A1 82 CD 95 7C 82 AD 82 CD 82 C8 82 A2 82 F1 82 BE 81
76 0D 0A 81 75 90 CC 81 41 96 7B 82 F0 93 C7 82 F1 82 BE 82 C6 82 AB 8A B4 93 AE 82 B5
82 C4 8B 83 82 A2 82 BD 82 B1 82 C6 82 AA 82 A0 82 C1 82 C4 82 CB 81 42 82 BB 82 CC 82
C6 82 AB 82 C9 8E 76 82 C1 82 BD 82 F1 82 BE 81 42 81 77 82 ED 82 BD 82 B5 82 CD 91 B6
8D DD 82 B5 82 C8 82 A2 82 E0 82 CC 82 C9 81 41 82 B1 82 F1 82 C8 82 C9 82 E0 90 53 93
AE 82 A9 82 B3 82 EA 82 C4 82 E9 81 78 82 C1 82 C4 81 76 0D 0A 81 75 82 BE 82 A9 82 E7
81 41 95 7C 82 AD 82 C8 82 A2 82 F1 82 BE 81 76 0D 0A 81 75 82 E0 82 B5 81 41 82 ED 82
BD 82 B5 82 AA 91 B6 8D DD 82 B5 82 C8 82 AD 82 C4 82 E0 92 4E 82 A9 82 AA 82 ED 82
BD 82 B5 82 CC 82 B1 82 C6 82 F0 8A 6F 82 A6 82 C4 82 A2 82 C4 82 AD 82 EA 82 E9 81 76

ここまでで約二千文字。

これをあと数百回。

普通の人間なら不可能だっただろう。

画面、最後までスクロールを終える。

一度、見ただけで十分だった。

「覚えた」

十六進法化された画像データを頭の中にインストールした。

あとはバイナリデータを画像として読み込めるソフトにかければ、理論上、画像を復元できる。

これが僕に唯一できる存在の証明だった。

佐生がいなくなった世界で僕は途方に暮れてしまうかもしれない。だけど、写真の一枚でもあればきっと佐生の死を乗り越えられると思った。僕たちが生きていた証は、こうして写真に残った。佐生は僕の頭の中にいる登場人物ではなく、実在したのだと僕は胸を張って生きていける。

16　東江夏輪

それからはもう長くない。

ゆっくり進むことなく、時間は刻々と過ぎていく。

僕の意志とは関係なく世界は変わっていく。

僕は病院へと向かう。それから十二分後、病室に入ると「二人きりだね」と佐生が言うので。僕も「ずっと前から二人きりだったけどね」と自分でもよくわからない返しをする。なんだか気恥ずかしかった。五十六分後、佐生の絵の話をした。美術室から持ってきた絵は手提げに入ったまま病室にある。僕が一つ一つ褒めていくと、佐生はベッドに潜ってしまった。「大丈夫？」「そんなに褒められると恥ずかしいよ」布団をめくってみると本当に恥ずかしかったらしく耳まで赤くなっていた。「コンクールでコメントとかで褒めてもらったことはあるけど……こんなに目の前で言われたことないから……」佐生はにやけていた。だけど、この話をしたのは失敗だったかもしれない。「もう描けないや」と佐生はつぶやいた。残念そうではなく、どこか満足そうに聞こえた。僕の杞憂だったようだ。

「どうして佐生は僕に絵を取りに行かせたんだ？」「呪いみたいなものかな」と佐生は笑う。「呪い？」「うん。東江くんには見てもらいたかったから、これでも消えてしまうことは少し怖いんだ。だけど東江くんに見てもらえればきっと残るから」一時間二十分後、佐生に許可を得たあと、僕は佐生の絵をとりだして写真に収めていた。病室は白いものが多いからなのか、光が上手く当たっていい具合に写真が撮れた。「油絵ってデジタル化するときは写真ですることが多いみたいだね」佐生が言う。「へえ、そうなんだ」「どうしてもでこぼこしてるからね。最近のスキャナーだとよく知らないけど、古いのだと難しいんだろうね」「なるほどね。美術館に行く人の気持ちがわかったよ」有名な絵ならネットで検索すればすぐ見られるのにと思っていたが違ったらしい。同時にそれは僕にとって残念な知らせだった。この写真もよく撮れたと思っていたが、佐生の絵は写真では再現できないようだ。「じゃあ描くしかないか」「描く？」「うん。佐生の絵を模写してみようかなと思って」「いいと思うよ。いい練習になると思う」と佐生は自信満々に言う。でもその通りだと思った。「わたしより上手くなってね」、「絶対に上手くなるよ。絶対」一時間四十一分後、「東江くんなら絵を描き続けられるよ」突拍子もなく佐生が言う。「どうして？」「どうしてって……どうしてだろう」ジッと僕が今描いたデッサンを見る。「東江くんが描くと残るような気がするからかな」佐生は抽象的なことを言う。でも、そうなってほしいと僕は思った。「僕にも残せるかな」「残せるよ」「そうかな」「東江くんなら絶対。わたしが保証する」、二時間十七分後、面会時間の終わりが近づいてくる。「佐生を描いてもいいかな」「わたしを？」照れくさそうに佐生は笑う。「前に言っただろ。佐生も描いていいって言ってたよ」「ええーっ言ったかな？」「言ったよ」「でも、本当にわたしなんかでいいの？」「佐生だから描きたいんだよ」「そっか。じゃあ、楽しみにしてるね」

その絵がこの世界で完成することはなかった。
それから十日後、佐生棚が息を引き取ったことを知らされた。

＊

佐生の訃報を電話で聞かされた僕は、病院には行かないことにした。
今、僕の目で佐生を見てしまうと、ダムナティオ・メモリアエは行なわれてしまう。
霊安室より、ちゃんとした葬儀で佐生を見送ってあげたかった。

しかし、僕宛に佐生から手紙が残されていたので取りに来てほしい。そう佐生の両親に言われた。

僕は手紙の内容を目に焼き付ける。

拝啓、東江くんへ
手紙なら恥ずかしくないと思うので、東江くんにわたしの気持ちを伝えておきます。わたしは、東江くんのことが好きです。

やっぱり、ちょっと恥ずかしいかもしれません。既に結婚しているのに今さらなんだけどね。でも、最後になるかもしれないから、この手紙を残します。明日には文字も書けなくなっているかもしれないから。

ときどき思うことがあります。ダムナティオ・メモリアエがなければ、わたしたちは小学生の頃から知り合いでした。先生に絵を教わったわたしたちはどんな学校生活を経て、どんな成長をしたのだろうと。

病気がなければ、わたしたちはこれからも一緒に過ごせました。余命宣告を受けたとき、わたしは冷静でした。それから、どうすれば自分を消せるか、そればかり考えていました。

だけど、今はこうして死に向かっていくことが怖いです。どうして、わたしばかりこんな目に遭うのだろうと、思えるようになりました。

東江くんは何度忘れても、わたしに会いに来てくれました。東江くんを見るたびに胸が苦しくなることもありました。だけど、わたしは東江くんに救われてしまっていました。

わたしは、きっと死に魅せられていました。ダムナティオ・メモリアエや病気がなければ、こんなにも東江くんを希求することはなかったのかもしれません。ずっと、東江くんのことを追いかけ続けることができたし、好きでいることができました。

東江くんの前からいなくなることが怖いです。こんな悲しい気持ちになったのは全部、東江くんのせいです。感情のないロボットみたいに冷静に死に方を探していれば、こんな悲しい気持ちにはならなかったと思います。

正直に言うと、わたしは死後自分が消えて何も元に戻らなかったら、どうしようと考えていました。

今なら、もしできなかったのだとしても無駄じゃなかったと思えます。

わたしは東江くんに絵を教えることができて救われました。目を移植することで東江くんの力になることができました。

わたしを救ってくれてありがとう。

最後に、「わたしを消してくれ」なんて酷いことを頼んでしまったと思います。

できれば、東江くんに、わたしと同じ苦しみを感じてほしくありません。

本当は、わたしはこの手紙を書き終わった後、自殺しようとしていました。この手紙が読まれているということは、わたしは、自分の存在を消すことに失敗しているということです。

どうか、この手紙があなたに読まれていませんように。

でも、きっと読まれてるよね。もし、読まれることなく消えてしまったら、約束を破ってしまうことになるから。

わたしは東江くんを裏切れません。

一応、夫婦だからね。

だから、最後に責任をとってほしいと思いました。

わたしが死ぬ直前に、わたしの前に現れた責任です。

東江くんのせいで、まだ生きていたいと思ってしまったんです。

だから、東江くんは、責任を持ってわたしの存在を消してください。

酷いお願いかもしれません。

だけど、東江くんならわたしがいなくなっても前に進めると思います。忘れないで。


手紙——佐生が残した文字の羅列を目で追う。

右目から涙がこぼれた。

読み終えた僕は、何も起きていないのに世界が崩れたような感覚がした。

卑怯な手紙の結び方だと思った。

僕も佐生もきっと同じ気持ちだったのだろう。

佐生の存在は、絵は、生きていた証は、僕の心に深く残っている。

佐生は誰も消していない世界と、佐生が存在する世界。

これから僕は二者択一の世界へ歩を進める。

僕は佐生の写真を、佐生が存在しない世界へ持って行く。

そんなの自己満足だ。それは数値化されたただの情報の塊だ。佐生栅ではないと言われてしまうかもしれない。所詮、写真なんてただの紙切れだと。

それでも、嘘の世界を僕は自分の意志で見ることにする。

佐生がこの世を去った今、僕の世界は僕自身で描くしかなくなったのだから。

君と僕の目で世界を見る。

＊

死んでしまった人間はどうなってしまうのだろう。

誰でも一度は考えたことがあるのではないだろうか。

高校に入りたての頃、ちょっと小難しい本を読み終えた僕は、結局何も残らないのだろうと結論づけた。自分の意識なんてものがあるなんておこがましいのだと思った。高いところから低いところへ水が流れるみたいに、自分の意志は決まっているのだろう。そう思うようになった。

死ぬことが決まっていても、当然のようにみんな生きていることが不思議に思えた。いずれ死んでしまうが、次の世代へ橋をかける。遺伝子という情報の羅列を紡ぐ。

僕は大切な人の生きていた証を残すために、バイナリという情報の羅列を記憶した。

僕は生きることを受け入れて、前に進んだ。

目の前には、佐生の棺と遺影があった。改めて、佐生は本当に死んでしまったのだと、気づかされる。これから残す側だった彼女の将来は理不尽によって閉ざされてしまった。

だけど、この左目に佐生が生きている。

これから僕は佐生の存在を消すことになるだろう。

奪うのではなく残すために僕はそれをしなければならなかった。

祭壇を見て一礼すると、抹香をつまんで香炉の中に落とす。灰の熱で抹香が変形していく。

繰り返す。

繰り返す。

繰り返し、落とす。

ずいぶんと時間が経つのが早く感じた。

遺影に向かって一礼し、用意された席に戻った。

全員が、その儀礼を終えると、佐生の遺体が運ばれていく。僕もついていく。

そのときが近づいてくる。暑くもないのに額には脂汗をかいていた。

落ち着け。大丈夫だ。

行かなければならない。

火葬。

日本では肉体を燃やす。

身体が消える前に、僕が佐生の存在を消さなくてはならなかった。

火葬場では葬儀屋が事務的な説明をしていた。呼吸を整える。終わってからの最後の時間。

葬儀は、弔いの場でもあるが、生き残った人のためのものでもある。わかっているが、僕は佐生のためにこの場所にいた。佐生をこの世界から消すために。誰にも理解されないかもしれない。だけど、佐生がくれたこの視界は、世界は、僕だけのものだ。

「お顔を見られるのは、このときが最後になります」

最後に葬儀屋がそう言って、僕は目を開いた。

焦点をあわせ、棺に納められた佐生を見つめる。

ありがとう佐生。

僕の存在は間違いなく君に救われた。

ずっと佐生に話しかけることができなかった。同じ学校で、同じクラスメイトだったのに、あらゆる機会を逃して、ただ生きていた。あの日、佐生が倒れて初めて僕は振り返った。人命がかかるくらい重大な出来事でしか僕の心は動かなかった。

だけど、振り返ることができたんだ。誰かを希求したことなんてこれまで一度もなくて、これからもないはずだった。自分を守るのに精一杯で、このまま、ただ何となくで人生を終えていくのだと思っていた。

佐生はやさしすぎる。もっと自分にわがままに生きてほしかった。自分が消してしまったすべての命のために、佐生は自分の存在を犠牲にしてまで救おうとする。それもただの自己犠牲じゃない。死後、佐生がそこで犠牲になったことは誰も覚えていない。誰も佐生の死を悲しむことができないし、行動を称えることもできない。絶対に報われない自己犠牲だ。

さよなら、佐生。

今度は僕が残す番だった。佐生の死は僕が弔う。

絶対に報われない自己犠牲があったことを僕が残してみせる。

他の人には絵空事にしか映らないとしても、僕だけは覚えて生きていく。

自分の意志で見届けなくてはいけない。

左目が、佐生の最期を写し取る。

世界が大きな音を立てて崩れ去った。

初めて崩壊を見るはずなのに、どこかで見たような気がしていた。

恐ろしくはなかった。佐生棚が存在しない世界へと僕は旅立つ。

*

頭が痛い。

見慣れた自室の天井が視界に映る。生きている。

「佐生椰」

覚えていた。

佐生が存在していたこと、その存在を消してしまったことも、すべて記憶している。

自分の左目に違和感があるのがわかった。鏡で自分の顔を見ると、それが自分の目だとわかった。佐生の目ではない。佐生と出会うことなく、事故がなかった世界に僕は来てしまった。

僕だけは絶対に忘れない。

僕の頭の中には残っている。

頭の中にある、数十万文字の英数字を思い出した。

ホコリの被ったパソコンを起動して一文字ずつ正確に入力していく。巨大なモザイクアートの一ピースを埋めていく作業と同じだ。手打ちで数十万文字のバイナリデータを再現する。

記憶違いはない。僕は確信を持ってその一文字を埋めていった。一度壊れたものが逆再生されていくみたいに、それが完成していく。それは存在する。

すぐに結果がほしかった。だけど、少しずつやっていくことにした。急いでも一日では厳しいし、入力間違いは避けたかった。ノルマを設定して日々の生活を送った。

入力作業を進める傍ら、僕は佐生梛という人間がいた痕跡を探していた。

結論から言うと、佐生梛は、この世界から消えてなくなっていた。どこを探しても彼女は存在しない。学校に佐生の席はなく、病院に行っても痕跡はない。コンクールで入選したと聞いていた佐生の絵もネットの海から消えてしまっていた。

すがすがしいまでに、佐生だけがいない世界が広がっていた。

当たり前だった。ここは佐生梛がいない世界なのだから。

佐生と話す前に戻っただけなのに虚無感があった。だけど、どこかに満足感もあった。佐生からもらったものが、確かに自分の中で生きているのを感じていた。学校を終えると僕はまっすぐに家に帰り、絵を描いていた。空き時間を見つけては文字列の再現をする。

それはもう僕にとって習慣になっていた。僕は佐生が言う呪いとやらを甘んじて受け入れることにした。おそらく僕は彼女の思惑通りにこうして筆をとっている。僕は描き続けなければならなかった。僕は記憶にある佐生の絵を再現しようと筆を動かす。撮った写真のバイナリデータは覚えているが、油絵に関してはそれでは駄目だと知った。空間を写し取るのは繊細な技術がいる。佐生の絵を再現するには描くしかなかったのだ。頭の中にデータはあるのだから、絵は僕が描けばいい。

佐生のおかげで僕の美大受験は間に合いそうだった。担任は僕の進路希望を見て、驚いたらしく、ひっくり返っていた。その様子がなんだかうれしかった。

＊

佐生のお墓を建てようと思った。

日本の法律では、納骨は墓地でないと駄目らしいが、墓石や墓標は私有地でもいいらしい。

自宅に帰った僕は、ネット通販で買っておいた小さい御影石の梱包をとる。それほど大きくない石なのだが高校生の財布にはやさしくない値段だった。

庭に御影石を建てる。墓石に使われている素材だから当たり前なんだけど、研磨された立方体は小さくても思っていた以上にお墓に見えた。ちゃんとした物を建てられるまでは、これで我慢してもらおう。佐生の名前を彫りたかったけど、素人がやると割ってしまうかもしれないので止めた。高かったのだ。

邪魔にならない日当たりのいいところに、墓石を整えた。

しばらく目を閉じて、手を合わせる。

佐生はもうこの世界にはいない。

だけど、僕はこれから生きていかなければならなかった。

残された人間の人生は続く。

続いてしまう。

ただ、もう何もかも変わってしまったけど、止まっていた時間が動き出したような気がした。

「お墓?」

突然、買い物から帰ってきた母さんが声をかけてきた。

「うん」

「そっか。何の?」

「…………」

佐生の墓だがどう説明すればいいだろう。僕と佐生は一応、夫婦という間柄だったわけだが、この世界の母さんは知るよしもない。

「わかんない」

「……何を埋めたんや」

距離を置かれる。実の息子をそんな目で見ないほしい。

「母さん、あのさ」

「なに？」

「…………」

進路先について話さなければならなかった。

前は行ってもいいような雰囲気だったが、それは前の世界の話だ。それに学費のことを話せば反対されるかもしれない。自分の選択が正しいとは思わないし、正しさを証明する方法もない。

何とかして説得しなければならなかった。生きるのは面倒くさいなと思った。

だけど、これも悪くないなと思った。

「美大に行こうと思うんだ」

少しの沈黙。

「今さら何言ってるの？」

鼓動が早くなるのを感じる。

普通はそうだ。僕の記憶力があれば大学はどこでも行けるだろう。わざわざ美大を選ぶ理由なんて――

「夏輪、あんた昔から絵画教室に通ってたじゃない」

「――えっ？」

何かが変わっている音がした。

「……もう先生の七回忌か。時が経つのは早いね」

先生？

「先生って絵画教室の？」

「他にあんたに恩師がおるん？」

母さんは意外そうな顔をした。

先生――佐生が行っていた絵画教室。

「たまには教室に顔見せたら？」

「先生が亡くなったのに教室があるの？」

「……夏輪寝ぼけてる？　先生が亡くなった後、卒業生が後を継いだじゃない。中学卒業するまで通ってたでしょ？」

まだ教室があるらしい。

消えてしまった教室が。

僕は急いで家に入ると、クローゼットからアルバムを取り出した。

小学生の頃から振り返る。

——本当だ。

アルバムの中に絵画教室にいる僕がいた。

佐生と刻んだ時が、僕の目の前に飛び込んでくる。

絵画教室だ。間取りや空間、あのとき佐生と一緒に行ったあの場所だ。先生らしき人と他の生徒と一緒に写っている。

一枚の写真が目に留まった。教室の屋上から夜空を撮った写真だった。

——もう少し遅くなれば星が見えるんだよ。

全部、本当だ。本当なんだ。

実在したんだ。

佐生を通じて、先生が残してくれた輪郭を感じ取っていた。

元に戻ったんだ。無駄じゃなかった。

佐生、全部上手くいったよ。

ここには佐生のいない、佐生の記憶がある。

だけど、君だけがいない。
この心が残って良かったと思った。
——何を描くべきか。
その答えはもう得ていた。
僕は死を弔う。
ずっと、君のことが好きだった。

*

入力作業は順調に進んだ。
予定では、今日完成する。
最後の一文字を入力した。数十万文字もの英数字を終える。
指が震える。
あと少しで入力作業が終わる。
復元する前に、一呼吸置いた。
完成してしまう。

僕だけが知っている彼女の姿が、きっと目の前にある。
記憶に佐生の姿はいるはずなのに、僕は彼女の生きていた証を欲していた。
復元を実行した。
あの日の佐生の顔写真が写った。
「……佐生」
佐生の写真だ。
ただ、残ってよかった。それだけを思った。
画面には記憶に違わない、彼女の姿がある。
写真なんて、ただの紙切れだと思っていた。
「忘れない」
また、佐生に会えた気がした。
それは絵空事についての証明だった。
僕の妄想などではない。
「もう……忘れない。忘れないから」
彼女は、佐生椰は存在する。
ダムナティオ・メモリアエでも消えないものがある。

僕が覚えているように、ここに残っているように。

佐生がいたからこそ、今の僕がいて、今の世界がある。

すべてが佐生棚という人間が存在したことを証明していた。

*

僕は筆を置く。

その日、一枚の絵を描き終えた。

作品を描くというのは、華やかに見えて地道な作業だ。本質的にはドット一つ一つに色を付けていくような、誰も見ていない箇所に笑ってしまうほどの時間をかける。描き始めたのは、受験の息抜きだった。受験絵画は時間が勝負だというのに、その絵に向き合うときは途方もない時間をかけた。焦りはなく、気がついたら時間が経っていた。やり直しのきかないキャンバスの上に厚く厚く塗っていく。無駄なことなんて何一つなかったかのように下書きから色のついたそれは、存在しない世界を形成していく。すぐに完成させるのがもどかしくて、僕は想像を巡らせる。もし、彼女と共に高校生活を送っていたのなら。もし、彼女が病気でなかったら。もし、彼女と共に初めからやり直せたら。毎日、もう戻らない日々を弔いながら、僕は君を描いた。

佐生の絵を描くのが約束だった。

僕と佐生が、先生の絵画教室で一緒に過ごす日常を描いた絵だ。

この絵は僕が描いたフィクションだ。

ときどき僕は、朝目が覚めて頭がぼんやりとしているとき、全部が夢だったんじゃないかと思うときがある。今だってそうだ。ふと、ありもしない光景が再生される。何気ない顔で佐生が扉を開けて入ってくる。待たせてごめんね、と微笑む。僕はそんな光景を、ずっと待っている。これまでも、これからも。

もうこの世界に佐生はいない。

だけど、僕は、この絵に描かれた光景が本物だと知っていた。

彼女は存在する。

僕らは精一杯、この時を生きた。彼女との時間は色褪せることなく、僕の記憶に留まり続ける。僕の手元に彼女の写真が存在する。頭の中にある英数字も残っていた。この組み合わせだけは妄想では作り得ないだろう。

僕の記憶には存在しない彼女との思い出も、この世界には存在していた。

佐生自身がダムナティオ・メモリアエに決着をつけたのだ。

消えてしまっても残るものがある。
僕は佐生からそれを教わった。
だから、今日も描いた。
数十年後には消えてなくなってしまうかもしれない不確かな絵を。
以来、僕は絵を描くとき、こう祈りを込めて描くことにしている。
どうか、あなたの心にこの存在が残りますように。

著者略歴　1996年生，作家　著書『君と僕との世界再変』『キミのこと黒歴史もまとめて……ぜーんぶ大好きだよ』

HM=Hayakawa Mystery
SF=Science Fiction
JA=Japanese Author
NV=Novel
NF=Nonfiction
FT=Fantasy

その日《ひ》、絵《え》空事《そらごと》の君《きみ》を描《えが》く

〈JA1499〉

二〇二一年九月二十日　印刷
二〇二一年九月二十五日　発行

（定価はカバーに表示してあります）

著者　音《おと》無《なし》白《はく》野《の》
発行者　早川　浩
印刷者　竹内定美
発行所　株式会社　早川書房

郵便番号　一〇一 - 〇〇四六
東京都千代田区神田多町二ノ二
電話　〇三 - 三二五二 - 三一一一
振替　〇〇一六〇 - 三 - 四七七九九
https://www.hayakawa-online.co.jp

印刷・信毎書籍印刷株式会社　製本・株式会社フォーネット社

ISBN978-4-15-031499-6 C0193

本書は活字が大きく読みやすい〈トールサイズ〉です。